山の我が家は蜜まみれ

橘 真児
Shinji Tachibana

三交社 文庫

目次

※この作品は艶情文庫のために書き下ろされたものです。

第一章　田舎の我が家

1

「よし、こんなもんかな」

ひと息ついて、額の汗を拭《ぬぐ》う。掃除を終えたばかりの室内を、牧瀬《まきせ》隆夫《たかお》は感慨深く見渡した。

広さは十畳ほどであろうか。玄関に面した広い部屋は、今ならリビングと呼ばれる場所になろう。

だが、このあたりのひとは「おいえ」と呼ぶのだと、売り手である元の所有者から聞かされた。

ここは北関東の、山間《やまあい》の集落にある一軒家だ。住む者がいなくなったそこを、隆夫は購入したのである。

家だけではない。広い敷地や畑、周りの山も含めて、すべて彼のものだ。

東京で区役所勤めをする隆夫は、現在三十九歳。真面目《まじめ》に働き、無趣味ゆえ浪費することなく貯蓄してきた。

とは言え、ローンを組むことなく家や山林を手に入れられたのは、格安の物件だったからだ。

先にここは、山間の集落だと述べた。しかし、他に住む者はいない。

家や畑はまだあちこちに残っており、たまに来て家屋を維持修繕したり、農作業をしたりという元住民はいる。しかし、集落としてはとっくに限界を迎え、役目を終えていた。

産業の衰退、あるいは自然災害の影響など、さまざまな理由で住民がいなくなった集落や村は、国内にいくらでもある。ここ、玉虫《たまむし》という地名の集落が廃れてしまったのは、単純に不便だからだ。

県道が通る谷を中心にして、山の両側に家や畑がぽつぽつとあるそこは、かつて道沿いに小さな商店や、簡易郵便局もあったという。けれど、それらは二十年以上も前になくなって、買い物をするためには、数キロ離れた町まで出なければならなくなった。

買い物ばかりではない。金融機関に病院、役所など、すべて集落から遠い。

若い世代は、早々に田舎暮らしに見切りをつけた。残された高齢者たちも、自分たちだけではやっていけないと、子供を頼って住み慣れた土地を離れた。

かくして、玉虫集落には住む者がいなくなったのである。

それでも、集落を貫く谷の県道には、今でもバスが走っている。なぜなら、さらに奥へと何キロも進んだところに、温泉街があったからだ。そちらは旅館が何軒もあって栄え、旅行や湯治に訪れる者も多い。

玉虫集落は麓《ふもと》側の町と、賑《にぎ》やかな温泉街の中間にあって、ただ通過されるだけの集落であった。何か見るべきものでもあれば、温泉の旅行者が立ち寄ったかもしれないが、そんなものは一切ない。

今でも県道には、「玉虫」というバス停が残っている。だが、利用する者は、週にひとりでもいればいいほうだ。かつての住人が農作業や、家の様子を見るために訪れるぐらいなのだから。

それでも山菜のシーズンには、週末になると家族連れで帰る家もあるという。ここらは山の幸が豊富だ。隆夫も、裏の山で葉ワサビやウド、タラの芽やギョウジャニンニクなどが採れると聞いていた。

季節は春。今まさに山菜のシーズンだ。

今日はここに来てから、家の中の掃除をする前に、山菜を採ってきた。今夜はそれを肴《さかな》に、晩酌を愉《たの》しむつもりだった。

(やっぱりここを買って正解だったな)

いいところが見つかってよかったと、巡り合わせにも感謝する。

隆夫は住居として、この家を手に入れたのではない。東京から玉虫集落までは、車で二時間以上かかる。通勤するにはあまりに遠い。

今のところは、週末を過ごす別荘として使う予定だ。退職したら、この地に骨を埋《うず》めるつもりでいる。

大学から東京に住んではいても、隆夫はもともと北陸の、田舎町の出身だった。自然が豊かなところで生まれ育ち、そのため都会での生活にストレスを感じていたのは事実である。

だったら故郷に帰ればいいようなものだが、実家は兄夫婦が継いでいる。次男坊の隆夫が同居するゆとりはない。

加えて、帰省したくない理由もあった。

隆夫は独身だ。結婚はまだか、彼女はいるのかと、親に連絡をとれば時候の挨《あい》拶《さつ》みたいに言われる。近くにいたら、それこそ口うるさく干渉されるだろう。

隆夫とて結婚願望がないわけではない。保守的な田舎の出身。しかも公務員になっただけあって、堅実な人生を送るつもりでいた。結婚して子供を持つのが当たり前という意識も、もともと強かったのだ。

その一方、女性が苦手というわけではなくても、積極的に話しかけられるほどすれてもいない。好きな子がいても告白する勇気はなく、就職するまで異性と親密な交際をした経験がなかった。早いうちから公務員志望だっただけあって、性格も行動も奥手で真面目なのだ。

区役所に勤めて三年目に、上司から勧められてお見合いをした。相手はふたつ上で、公立中学校の教師だった。

学校の先生ということは、自分以上の堅物なのではないか。会う前はかなり緊張したものの、いざ対面すれば気さくな人柄で安心した。普通に話もできたし、なかなかチャーミングな女性で、隆夫はいたく気に入った。

先方もOKしてくれて付き合うことになったものの、教師はやはり忙しいらしい。土日も部活指導などで休めないことがままあった。そのため、デートは月に二回がせいぜいだった。

それでも、付き合って三ヶ月めには、肉体関係を持ったのである。隆夫は初めてであったが、経験のあった彼女にリードしてもらい、無事に童貞を卒業した。

からだの繋《つな》がりもできたのだ。隆夫は当然ながら結婚するつもりでいた。彼女とのセックスも最高で、このひとと一生添い遂げるのだと、柔らかな女体に身をあずけるたびに確信した。

ところが、見合いから一年も経たないうちに、世話をしてくれた上司を通じて、お付き合いをやめたいという連絡が入った。

彼女は受験学年の担任になって、ますます忙しくなるという。今は仕事に集中したいし、このまま関係を続けるのはかえって迷惑をかけることになるというのが、先方の言い分であった。

隆夫は到底納得できなかった。会える時間が少なくなってもかまわない。時間の余裕ができるまで待つと上司に訴えた。

しかし、もう連絡をしないでくれというのが先方の希望だと伝えられては、如何《いかん》ともし難い。

それでも、何日か経ってから、思い切ってメールを送ったのである。しかし、いつまで経っても返信はなかった。

ならばと電話をかけても、留守電にもならず繋がらない。どうやら着信拒否をされているらしかった。

そこまで拒まれては、どうしようもない。

本当に仕事を優先するためなのか。それとも、傷つけまいと当たり障りのない理由をでっち上げたのか。隆夫は悩み続けた。

──やっぱり、おれに原因があるんじゃないか？

その疑念に、彼は長くつきまとわれることとなった。実際、思い当たることならいくらでもあったのだ。

まず、年下で頼りなく感じられたのかもしれない。無趣味なのが面白くなかった可能性もある。

あるいは、会うたびにセックスをしたがったから、それが鬱陶《うっとう》しかったのか。

本格的な失恋は初めてということもあり、隆夫はなかなか立ち直れなかった。結婚を考えている相手がいると、親にも話していたものだから、余計につらかったのだ。軽い女性不信にも陥った。

毎日の仕事をどうにかこなし、住まいである安アパートに帰る。自身の至らなさをあれこれ考えて激しく落ち込み、自己嫌悪に苛《さいな》まれる。そんな日々が長く続いた。

まあ、童貞を卒業できただけラッキーじゃないか。そう開き直れるまでに、三ヶ月近くかかったであろうか。

女性のからだや、セックスの素晴らしさを教えてくれたのだと思えば、フラれた恨みも薄らぐ。むしろ時間が経つことで、感謝の念すら芽生えた。

親にも交際を断られた件を正直に伝えたところ、まだ若いんだから、すぐに次の相手が見つかるさと慰められた。残念ながら、それは楽観的すぎる予測であったけれど。

その後も上司には見合いを勧められたが、丁寧に断った。結婚相手は自分で見つけたいときっぱり告げると、上司もそうかと引き下がった。世話をした相手とうまくいかず、隆夫が傷ついたとわかっているから、無理強いはできなかったのだろう。

もっとも、自分で見つけると豪語したわりに、その後も恋人と呼べる相手はできなかった。

隆夫はセックスを経験したことで、以前よりは女性と積極的に交流が持てるようになった。その一方で、また裏切られるのではないかという疑心も働き、なかなか関係が進展しなかった。

仕事のほうもキャリアを重ねることで、区役所でも責任ある業務を任されるようになる。そのため、余暇を愉しむゆとりがなくなった。

独り暮らしが長引くことで、このほうが気楽だという思いも強まる。気がつけば四十の節目が目の前に迫っていた。

四十歳を超えても独身の男なんて、いくらでもいる。にもかかわらず、隆夫が結婚はもういいと諦《あきら》めの心境になったのは、今後の人生が設計できなくなったからだ。

結婚したら、やはり子供がほしい。その場合、せめて還暦前に子供が成人を迎えるのが理想だ。

逆算すれば、自分が四十歳のときに授かるのが、ギリギリのラインになる。

隆夫はまだ四十前である。だが、すぐに恋人ができたとしても、結婚までには数ヶ月から一年は見なくてはならない。さらに妊娠期間も考慮すれば、四十歳で子供を持つのは不可能だ。

今後、定年が延長される可能性はある。仮にそうならなくても、還暦を過ぎたら仕事をまったくせずに悠々自適の生活を送るなんて、甘い考えも持ち合わせていなかった。

しかし、そんな年になっても子供を養わなければならないというのは、金銭的にも肉体的にもつらい。自身も兄がいたことから、ひとりっ子よりはきょうだいがいたほうがいいという気持ちも強く、第二子も作るとなるとますます難しい。そこまで考えた上で、結婚も子供も諦めたのである。ここまでいくと真面目というより、いっそ融通が利かないと言うべきか。案外こういう人間は、公務員には多いのかもしれない。

子供はいらないけれど結婚したい、人生をともに過ごしたいという奇特な女性が現れれば、隆夫も考え直さないでもない。もっとも、いくら東京に人間が多くても、そんな都合のいい相手が簡単に見つかるとは思えなかった。

さらに言えば、隆夫は定年後も東京に住み続けるつもりはなかった。根っこが田舎者であり、自然が豊かなところで暮らしたかったのだ。

なんてことを打ち明ければ、不便なことを嫌う都会の女性は、まずついて来てくれまい。

——自然が豊かで、住みやすそうなところがあればなあ。貯金はあるし、今からローンを組めば買えるんじゃないか？

そんなことを密《ひそ》かに考えていた隆夫が、玉虫という集落を知ったのは、ほんの偶然であった。仕事の疲れを癒《い》やそうと、週末に温泉旅行をしたときのことだ。

その行き先が、玉虫集落の奥にある温泉街だった。

旅の行程も満喫したいと、隆夫は駅からバスに揺られるルートを選択した。そのとき、山の中にぽつぽつと人家が見えるだけの、いかにも寂れたところを通ったのである。

ひょっとして廃村なのだろうか。なんとなく気になった隆夫は、旅行のあとで地名を調べてみた。故郷にも似たような場所があり、懐かしさを感じたためもあった。

そうして、玉虫集落のことを知ったのである。

すでに住民はいなさそうながら、完全な廃墟《はいきょ》と化しているふうでもなかった。現状はどうなのかと情報を集めるうちに、不動産関係のサイトで、売りに出されている集落の家を見つけた。

その不動産会社は、隆夫が勤務する区内にあり、知っている社員もいた。そこで、休みのときに訪れて、集落のことを訊《たず》ねた。

現状などがわかり、ますます興味が湧《わ》く。売り家の値段も破格であり、畑や山もついていると知って、手に入れたい気持ちが強まった。

これが山奥で、交通の便も悪いところなら、いくら安くても購入など考えなかったろう。いずれ誰《だれ》も寄りつかなくなり、家屋もすべて廃墟になることが確実だからだ。

けれど、玉虫集落は違う。奥に温泉街があるから、バス路線がなくなる心配はなさそうだ。今でも住人が家や農地を維持しているのも、自家用車がなくても帰ることが可能だからだろう。

さらに都合のいいことに、家の持ち主は東京に住んでいた。不動産屋に頼むと、会う段取りをつけてくれた。

家主と面会して説明を聞き、その日のうちに現地へ一緒に行くことになる。売り家は、県道から一キロ近くあがったところにあった。

コンクリート舗装の道は、一部急なところはあるが、歩いても軽く汗ばむ程度だ。すれ違うのは難しそうだが、車もちゃんと通れる。

家屋は築四十年を超えるとのことだが、きちんと手入れがされていた。傷みなどは見当たらない。柱も太く、なかなか丈夫そうだ。

部屋は一階に台所兼食堂と「おいえ」。仏壇が置いてあったという座敷は十二畳もあり、床の間も立派であった。二階にもふた部屋あって、広さは充分すぎるほどだ。

水回りは近代的になっており、トイレは浄化槽の水洗だ。風呂《ふろ》は灯油の給湯で、ガスはプロパン。灯油もプロパンガスのボンベも、町の業者に配達してもらえるとのことだった。

宅地には他に、車庫を兼ねた納屋もあった。そちらも車が二台は楽に停《と》められるぐらい広い。

納屋の外には薪《まき》が積まれていた。かつて薪ストーブを使っていたときのものだとのこと。家の前の庭が広いから、バーベキューにでも使えそうだ。

この集落はゴミ収集の対象になっていないため、基本的に各家庭で焼却処分していると聞かされた。そのためのレンガ造りの焼却炉もあった。粗大ゴミと資源ゴミは月一回の回収があり、県道脇《わき》のゴミステーションに出しておけばいいとのことだった。

家の横には、斜面を活用した畑があった。それほど広くないものの、家庭菜園としては充分であろう。使われていない土地はいくらでもあるから、必要なら開墾すればいい。他に竹林もあり、周囲の山は山菜も豊富に採れるという。

生活する上で、なんら不便なところは見当たらない。ただ、買い物のことを考えれば、車はあったほうがよさそうだ。

隆夫は運転免許を持っていたが、車は所有していなかった。公共の交通機関が充実している東京では、不要だったからだ。

すでに家を買うつもりになっていた隆夫は、あとのことを素早く考えた。しばらくは別荘みたいに使うことになるから、来るのは週末ぐらいだ。頻繁に買い物が必要なわけではなく、ここへ来る途中に町へ寄れば事足りる。どうしてもというときには、レンタカーを借りればいい。いずれ余裕ができたら、中古車を買おう。こういうところなら、軽トラが便利ではないか。

と、田舎生活への夢がふくらむ。

どうしますかと所有者に問われ、隆夫はほとんど迷うことなく買いますと返答した。先方も、買い手が真面目な公務員ということで、先祖からの土地を安心して手放すことができたようだ。

購入後は、隆夫は毎週のようにここへ通った。放置されていた庭の手入れや、家の中の掃除をし、必要なものも少しずつ揃《そろ》えた。時間があれば山を散策した。

家の中に、前の住人のものはほとんどなかった。もしも残っていたら処分していいと言われていたから、掃除のときに押し入れや、戸棚などから何か出てきたら、すべて焼却炉で焼いた。

畳も傷んでいたものは、町の畳屋に頼んで新しいものと入れ替えた。古いものは肥料に使えるというので、畑の脇に積んである。中は藁《わら》だから、腐れば堆肥《たいひ》になるだろう。

かくして、手に入れてから一ヶ月が過ぎた今日、すべての掃除と片付けがようやく終わった。いよいよ我が城を作り上げる準備が整ったのである。

これから家具も増やして、住みやすくしていこう。急ぐ必要はない。本格的に住むのは退職したあとになるのだから、それまでは休暇を快適に過ごすためのものを買えばいい。

アパートにある、普段は使わないものなども、少しずつ持ってこよう。何しろ、ここに部屋はたっぷりあるのだ。いらないものを片付ければ、アパートのほうも広く使える。

新しいオモチャを買ってもらった子供みたいに、隆夫は胸がはずんできた。オモチャにしては大きいし、それなりにお金もかかっているぶん、まさに一生ものと言える。

隆夫は掃除の道具を片付けると、新鮮な空気を吸いに外へ出た。

「ふう」

庭先で大きく息を吸い、両腕を広げて伸びをする。ここからは向かいの山が見え、新緑の鮮やかな景色にも心が洗われるよう。

夕方に近く、空が茜色《あかねいろ》に染まっている。標高があるため風は冷たいものの、汗ばんだ額には心地よかった。

「今日からここが、おれのふるさとだ」

柄にもなく気障《きざ》な台詞《せりふ》を口にして、恥ずかしくなる。隆夫はエヘンと咳払《せきばら》いをして誤魔化《ごまか》した。

もちろん、聞いている者は誰もいない。ここは彼だけの世界であった。

2

今で言うダイニングキッチン、台所と食堂を兼ねたそこは、もともと板張りだった。十畳ほどもあるそこに、隆夫は新しい畳を四枚敷いた。それも、四畳半の部屋に並べるかたちで。

そうすると、中央に半畳分のスペースができる。いずれは掘り炬燵《ごたつ》のようにしようと計画しているが、今は火鉢が置いてあった。正方形で、半畳分にすっぽりと収まるほど大きなものだ。

前の住人が置いていったものの中で、唯一残したのがその火鉢である。新居では使えないから持っていかなかったのであろう。隆夫も最初は、外に出して処分するつもりでいた。

しかし、がっちりした造りで、なかなか物が良さそうだ。縁のところに食器が置けるスペースもある。

火鉢に炭を熾《おこ》し、魚でも炙《あぶ》りながら一杯やったらどうだろう。なかなか風情があるし、そんなことは田舎暮らしでしかできない。

そう考えて、使わせてもらうことにしたのである。

炭は買ってなかったので、焼却炉で薪を燃やし、消し炭にした。火を熾してから五徳を置き、その上に金網を載せる。

できれば、自分で獲《と》った魚を捌《さば》いて焼きたい。県道沿いに川が流れており、かなり綺麗《きれい》な水だから、釣果が期待できそうだ。

今日のところは、晩酌に買ってきた乾き物のエイヒレを炙ることにした。

酒は県内酒造の純米酒。吟醸ではなく、米の風味が感じられるものだ。燗酒《かんざけ》には、これが一番いい。

直火《じかび》にかけられる陶器製のかんぴんも買ってあるので、酒を入れて金網の端に置く。隆夫は炭火を眺め、酒の甘い香りが徐々に強まるのを愉しんだ。

（ああ、最高の贅沢《ぜいたく》だな）

昔は当たり前だったことが、今ではなかなか経験できない、貴重なものになっている。

隆夫とて田舎出身でも、生まれ育った家は普通の住宅だった。囲炉裏も火鉢もなく、炭火の熾し方は大人になってから、役所の仕事で社会教育に携わって学んだのである。

ただ、子供のとき祖父母に連れられ、山菜採りに行ったから、そっちの知識は多少なりとも持っている。食べ方も祖母に教わったので、昼間採った山菜も、すでにお皿に盛ってあった。

台所にある調理器具は、今のところ鍋《なべ》がふたつとフライパン。食器もごくわずかだ。

そのため、簡単なものしか作れないが、そもそも山菜は手間暇かけて料理するような代物とは違う。だいたいは茹《ゆ》でてアクを抜き、味噌《みそ》などで味付けをするぐらいなのだ。

ただ、中には手間が必要なものもある。

隆夫は裏の山で、葉ワサビが群生しているのを見つけた。試しにひとつ掘ってみると、根っこもなかなか立派であった。

この家の水は水道ではなく、地下水をポンプで汲《く》み上げている。何も処理しなくても飲める、綺麗で美味《おい》しい水だ。それを育むのが裏の山であり、だからこそワサビも生えるのだろう。

祖母は、葉ワサビの醤油《しょうゆ》漬けを毎年こしらえていた。瓶に詰められたそれは、蓋《ふた》を開けるだけでツンと刺激を感じた。もちろん辛く、幼い頃の隆夫はとても食べられなかった。

後年、売り物の醤油漬けを余所《よそ》からいただいて食べたところ、その美味しさに感動した。酒の肴にも、ご飯のおかずにもなる。

残念ながら、祖母はすでに他界している。しかし、母親も作り方を習っていたので、今度訊《き》いてみよう。

山と家を買ったことは、家族にも報告してある。家の中が落ち着いたら彼らを招いて、山菜料理を振る舞ってあげるつもりだった。

それだけだとものの足りないから、畑で作った野菜も料理して食べさせたい。独り暮らしが長いし、子供時代に家のことを手伝わされたから、家事は得意なのだ。外食はお金がかかるし、東京では普段も自炊している。

（もっと暖かくなったら、外でバーベキューでもしようか）

これから先のことをあれこれ想像し、胸がはずんでくる。都会と違って車の音も聞こえない静けさにも、寂しさよりは優美な趣を感じた。

こんなふうに田舎の風情を好ましく思うのは、もっと年齢を重ねてからなのかもしれない。四十代でも後半とか、五十代とかになって郷愁が強まり、心のふるさと的なものが欲しくなるのではないか。それまでは街の喧騒《けんそう》にまみれ、賑やかに暮らしたいというのが一般的なのであろう。

隆夫の場合は、出身が田舎であることに加え、もともと都会的な騒がしさを好まなかった。なのに、なまじ成績がよかったものだから、高校の担任に東京の大学を勧められ、素直に従った。就職も周囲の友人たちがそうだったので、東京ですることにした。

流されやすい性格なのは否めない。けれど、こうして自分の城を手に入れたことで、新しい自分に生まれ変われた心地がする。

四十路《よそじ》を前に結婚も子供も諦め、田舎に安住の地を求めたはずだった。ところが今になって、未来への希望が高まりつつある。人生の拠点を確保し、余裕が生まれたことで、何でもできそうな気がしてきた。

それこそ、恋愛や結婚だって。

(そうだよな……まだまだこれからなんだ)

簡単に諦めたことが、今さら滑稽《こっけい》に思えてくる。もっとも、そのおかげで、最高の住処《すみか》を手に入れられたのだ。怪我《けが》の功名というか、雨降って地固まるみたいなものか。

しかし、いくら異性との交流を求めても、他に誰も住んでいない集落では、期待するだけ無駄である。

温泉街には若い客も多いようながら、そこまで出向いてナンパをするのはさすがにためらわれた。だいたい、誘えば女の子がついてくるような色男でもないのだ。田舎の我が家に招待しても、警戒されるだけである。

まあ、焦ることはない。気長にやっていこう。

(そろそろいいかな?)

火鉢にかけたかんぴんに触れてみる。湯気も昇っているし、ちょうどいい頃合いだろう。

就職祝いにいただき、ほとんど使っていなかったぐい呑《の》みに、燗酒を注ぐ。こっちで使おうと、アパートから持ってきたのだ。

「おっとっと」

いつだったかテレビで見た場面を思い出し、ひとりで小芝居をする。ぐい呑みで水面をきらめかせる清酒に、喉《のど》が浅ましくコクッと鳴った。

それではいただこうと、口のほうを酒に近づけたとき、

ガタッ――。

外から物音が聞こえてドキッとする。

(え、なんだ?)

何かが外壁にぶつかったと、そんな感じだった。鳥か小動物かとも思ったが、地面を擦るような音もする。

(誰か来たのか?)

だが、ここは住む者のいない集落だ。しかもこの家は、県道からだいぶ上がったところにある。単なる通りすがりであるはずがない。

しかし、訪ねてくる人間など、まったく思い当たらなかった。

もしかしたら遠目でも明かりが見えたから、気になってやって来たのかもしれ

ない。けれど、こんな遅くにわざわざ訪れるだろうか。すでに日は落ちており、県道もこの時間になれば、通行量がめっきり減るのである。

（ていうか、車で来たのなら、エンジン音がするはずだよな）

いくら明かりが気になっても、歩いてこんなところまで来ないだろう。気づかれないように行動しているのならともかく。

そこまで考えて、もしやと疑念が浮かんだ。

（ひょっとして、泥棒か？）

ひとが住まなくなった集落と知って、何か金目のものが残っていないか、空き家を荒らし回っているのではないか。すると明かりの点《つ》いた家があったものだから、誰かいるのならもっと金があるだろうと、強盗に方針転換したのだとか。

（いや、さすがに考えすぎか）

廃墟や廃村は、だいたいにおいて心霊スポット的な扱いを受ける。若者あたりが肝試しにやって来て、まだ住んでいるのかと興味を持った可能性もあった。

ただ、その場合はひとりでは行動しないだろう。だいたいはグループか、少なくともふたり連れのはず。それなら話し声がするはずだ。

ガタンッ。

今度は窓の下から音がした。中を覗《のぞ》こうとしているらしい。

家が古いから床が高いぶん、窓も高い位置にある。普通の身長でも、かなり伸びあがらないと室内は見えない。

いきなり窓を開けて声をあげれば、驚いて逃げ出すのではないか。せっかくの晩酌をこれ以上邪魔されたくなくて、隆夫はさっそく不審者を追っ払うことにした。

ぐい呑みを火鉢の縁に置き、身を屈《かが》めて窓のほうに進む。掃除のときに窓を開けて、そのまま鍵《かぎ》をかけていなかった。

窓の外に、明らかにひとの気配がある。何人もいる様子はない。相手がひとりなら、仮に泥棒でも対処できるだろう。

(よし。やってやる)

隆夫は立ちあがり、窓に手をかけて勢いよく開けた。

「誰だっ!」

声を限りに叫ぶと、窓の外にいた人物が何も言わずにへたり込む。

(え、あれ?)

隆夫は目を疑った。泥棒にしろ廃墟マニアにしろ、当然そこにいるのは男だと思っていたからだ。

ところが、地面に尻《しり》をつき、茫然《ぼうぜん》とした面持ちでこちらを見あげているのは、明らかに二十代と思《おぼ》しき若い娘であった。

(どうしてこんな子が——)

泥棒には見えないし、廃墟マニアという感じでもない。

彼女は黒い細身のパンツにチェックのシャツ、白いサファリジャケットを羽織り、足元はスニーカーだ。つば付きの帽子もかぶっており、アウトドアが趣味の女性に見えないこともない。

ただ、どこか付け焼き刃ふうに映ったのは、窓からの明かりでもメイクをちゃんとしているのがわかったし、手の爪《つめ》に派手なネイルをしていたからだ。

「ええと、あの」

何者なのかを確認しようとしたとき、どこか覚えのある、ぬるい匂《にお》いが漂ってきた。

(え、これは?)

まさかと思って女性が尻餅《しりもち》をついたあたりの地面を見れば、乾いていたはずの土が色濃く変色していた。しかも、その面積がさらに広がりつつある。

「び……びっくりした」

今さらのようにつぶやいた彼女は、自分がどういう状態にあるのかようやく理解したらしい。

「え？　あっ！」

おしりの下を覗き込み、股間《こかん》のところに手を当てて、くしゃっと顔を歪《ゆが》めた。

「ば、バカぁ。いきなり大きな声なんか出すから、あたし――」

そこまで言って、涙をポロポロとこぼしだす。驚いたはずみで、オシッコを漏らしたのだ。漂っていたのは、尿のアンモニア臭だったのである。

「ご、ごめん」

隆夫は焦り、急いで玄関に回って外へ出た。窓の下に行き、グスグスとしゃくり上げる娘を支えて立たせる。

「ごめんよ。泥棒かと思ったんだ」

弁解しても、彼女は「う、うっ」と嗚咽《おえつ》をこぼすばかり。みっともなく失禁したのであり、悲嘆に暮れるのも無理はない。

ここまで派手に漏らしたということは、トイレを借りるために来たのではないか。ずっと我慢していたのに驚かされて、膀胱《ぼうこう》の栓が緩んでしまったらしい。

可哀想《かわいそう》なことをしたなと思いつつ、隆夫は密かにときめいていた。泣きべそをかく姿が、やけになまめかしく感じられたのに加え、若い女性のオシッコの香りにそそられたのである。

それに、けっこう可愛《かわい》らしい。情けなく歪んだ泣き顔で、そんなふうに感じるということは、笑顔はさらにキュートであろう。

「とにかく入って」

家の中に招く前に、隆夫は名乗った。彼女も安城美咲《あんじょうみさき》という名前を、声を詰まらせ気味に教えてくれた。

「とりあえず、汚れたのを洗ったほうがいいね。シャワーを使う?」

「……うん」

「じゃあ、こっちへ」

美咲を、洗面所を兼ねた脱衣場に連れていく。風呂はこれまで何度も使っていたから、浴室に必要なものは揃っていた。脱衣場にはカラーボックスを置いて、バスタオルもしまってある。

ただ、そこは台所兼食堂に接しているのだが、仕切りがない。スペースの入り口にカーテンレールはあるものの、どうせひとりだし取り付けていなかった。

だからと言って、脱ぐところを見物しようなんて思わない。そのときは、おいえのほうにでも下がるつもりでいた。

「シャワーの使い方は、見ればわかるよね？　すぐにお湯が出るようになっているから」

電気を点け、浴室の戸を開けて告げると、美咲が目許《めもと》を濡《ぬ》らしたまま眉《まゆ》をひそめた。

「え、こんなに暗いの？」

浴室は改装されており、壁と床だけでなく、浴槽も今風のものになっていた。ただ、天井板だけは昔のままで、やけに高い上に、裸電球がひとつあるだけだったのである。しかも二〇ワット程度の、昔ながらのものが。

それが切れたら、ＬＥＤの新しいものに取り換えるつもりでいた。独り身の気安さで、少々暗くてもかまわないと考えていたのだ。

「まあ、でも、見えないわけじゃないし」

「……洗濯機は？」

「え？」

「汚れたの、洗いたいんだけど」

あいにく、洗濯機はまだ買っていない。来てもひと晩ぐらいしかいないのであり、汚れ物は持ち帰るから必要なかったのだ。

「ないよ。洗うんなら、風呂場で洗うしか――」

「だったら、あなたが洗って」

言われて、隆夫は目が点になった。

「え、おれが？」

「だって、あたしがオシッコを漏らしたのは、牧瀬さんのせいなのよ」

泣き腫《は》らした目で睨《にら》まれて、突っぱねることができなくなった。

（いや、そっちが泥棒みたいに、コソコソしてたのが悪いんじゃないか）

普通に玄関から訪問すれば、何の問題もなかったのである。

もっとも、どんな人間が住んでいるのか確かめてからでないと、安心してトイレを借りられなかったのかもしれない。年頃の娘としては、慎重になるのも当たり前か。

（ていうか、こんな廃れた集落で、何をしてたんだ？）

まだ明らかになっていない疑問がぶり返す。しかし、そのことを訊ねようとして、隆夫は言葉を失った。

美咲がいきなり、黒いボトムを脱ぎだしたのである。

(え、え⁉)

いったい何が起こっているのか。目の前の光景がとても信じられない。驚愕《きょうがく》して固まった隆夫の目の前に、彼女は脱いだものを突き出した。

「これ、そこの洗面台で洗って」

顔をしかめ、刺々《とげとげ》しい口調で命じたのは、本当に怒っていたからか。それとも、ただの照れ隠しか。

そして、ボトムの内側にピンク色の薄物が見えたことで、パンティもまとめて脱いだのだとわかった。つまり、初対面の男の前で、下半身すっぽんぽんになったのである。

オシッコくさい衣類を受け取り、隆夫は茫然と立ち尽くした。それにもかまわず、美咲が上半身のものも脱ぎだす。ジャケットにシャツ、それからブラジャーまで。

あっという間に全裸になった彼女は、さすがに頬《ほお》を赤く染めつつも、年上の男をまた睨みつけた。

「それから、あたしが出るまでここにいるのよ」

「え、ここに?」

「ひとりにされたら怖いもの」

子供みたいなことを言って、さっさと浴室に入る。ピシャッと戸が乱暴に閉められて、隆夫はようやく我に返った。

(……何なんだよ)

身勝手で生意気な態度に憤慨しつつも、動悸《どうき》がなかなかおとなしくならない。鮮烈なヌードが目に焼き付いてしまったからだ。

短い時間だったし、そんなにまじまじと見たわけではない。それでも、輝かんばかりに白くて綺麗な肌と、ピンク色の乳頭が可憐《かれん》なお椀《わん》型の乳房、くりんと丸いおしりは、しっかりと脳に刻みつけられた。

ナマ身の裸体を目の前で拝むのなんて、付き合った見合い相手と最後にセックスして以来である。十四、五年ぶりぐらいだろうか。

(なんて大胆な子なんだ)

盛大に失禁したあとだから、今さら裸ぐらいどうってことないと、ヤケになったというのか。おまけに、オシッコで濡れた衣類まで託すなんて。

エロチックな光景を目の当たりにしても、驚きが大きかったために、すぐさま劣情に苛まれることはなかった。十代二十代の若者ならともかく、四十路前のいい年をした大人なのである。

灯油の給湯器が作動し、ボッと点火する。ゴーッと唸《うな》るような音がそれに続いた。美咲がシャワーを使っているのだ。

だったらこちらもと、渡されたものを洗うことにした。

洗面台はボウルが大きめだから、ちょっとしたものを洗うのは可能だ。お湯も出るし、隆夫もこれまでに洗濯で使ったことがあった。

排水口に栓をして、お湯を溜《た》める。そのあいだに、ボトムのポケットに何か入っていないか確認した。

(よし。大丈夫だな)

ただ、尻餅をついたせいで、おしりの外側にはかなり土がついていた。これは別々に洗ったほうがいいと、内側からパンティを取り出す。

黒パンツを溜まりかけのお湯にひたし、じっとり湿った薄布のみを手にした途端、これまでに味わったことのない昂《たかぶ》りがこみ上げた。

(……これを、あの子が穿《は》いてたんだよな)

当たり前のことに、無性にドキドキする。さっき目にしたキュートなヒップを思い返し、あそこに張りついていたのだと考えて股間が熱くなった。

いや、おしりどころか、もっとプライベートな部分に接していたのだ。ヌードではなく、脱ぎたての下着に昂奮《こうふん》するなんて、変態もいいところではないか。だが、ペニスは血液を集め、ムクムクと膨張しつつあった。

それに煽《あお》られたみたいに、桃色のパンティを裏返す。秘め苑に密着していたところを確認するために。

「ああ……」

隆夫は感嘆の声を洩《も》らした。

クロッチの裏地は白であった。綿素材のようで、細かな毛玉が目立つ。オモラシをしたあとで、当然ながらじっとりと濡れていた。

しかし、それればかりではない。

布にくっきりと刻まれたシワは、性器のミゾに喰《く》い込んでいた証《あかし》だろう。そこにはこすれたような薄茶色のシミの他、糊《のり》のような付着物もあった。

（女の子なのに、こんなに汚すのか？）

あからさまな痕跡《こんせき》に、胸の高鳴りが大きくなる。年上の女教師と付き合ったときにも、下着の汚れなど目にしたことはなかったのだ。

もちろん、人間のからだが様々なものを分泌することぐらいわかっている。隆夫だって特に若かったときには、ブリーフの内側にカウパー腺液《せんえき》の乾いた跡がよくついたものだ。

だが、愛らしい娘のパンティだけに、生々しさがいっそう胸に迫る。もっと暴きたくてたまらなくなった。

隆夫は手にした薄布を顔に近づけた。プライベートゾーンに密着していた部分を、クンクンと嗅《か》ぐ。

（……これがあの子の、アソコの匂いなのか）

親しみのある尿臭の中に、発酵しすぎたヨーグルトのような、いささかケモノっぽくもある成分が感じられる。

付き合っていた年上の彼女とは、互いにオーラルセックスもした。秘め苑に口をつけたことは何度もあったが、そのときは事前にシャワーを浴びていたし、ありのままの女臭を嗅いだことはなかったのだ。

冷静に判断すれば、好ましい芳香に分類されるものではないだろう。なのに、このままずっと嗅ぎ続けたくなるのはなぜなのか。あるいは牝《めす》の匂いに引き寄せられる、牡《おす》の本能が働いているせいかもしれない。

うっとりと香りを愉しむあいだに、股間の分身は雄々しく反り返った。脈打って、早くも劣情の雫《しずく》をこぼしているようである。こんなにも昂奮させられるのは、かなり久しぶりであった。

カラカラ——。

背後で戸の開く音がして、隆夫は我に返った。美咲が出てくるのだ。

慌てて手にしたパンティを、お湯の溜まった洗面台に突っ込む。心臓がバクバクと壊れそうに高鳴り、顔が熱く火照《ほて》ったものの、悟られぬように洗濯をしていたフリをした。

「ねえ、バスタオルは？」

訊ねられ、隆夫は努めて冷静に、

「そこのカラーボックスの中だよ」

と答えた。振り返らなかったのは、赤くなった顔や、ふくらんだ股間を見られたくなかったからだ。そもそも彼女は素っ裸なのであり、エチケットとしても間違っていないはず。

「ああ、これね」

さっき、ためらいもせず脱いだのと同じく、今も平然とからだを拭《ふ》いているのであろうか。

（くそ。鏡があればなあ）

洗面台は前に棚があるのみで、鏡はない。あれば振り返らずとも、若い娘のヌードが拝めるのに。

背後の気配をそれとなく窺《うかが》いつつ、隆夫はパンティの汚れを落とした。正直もったいなかったものの、ちょっとでも匂いが残っていたら、嗅いでいたことがバレそうな気がしたのである。

さらに、パンツの泥も落としていたら、

「これもついでに洗って」

と、声をかけられる。反射的に振り返ると、美咲はすでにシャツとサファリジャケットを身に着けていた。下半身はバスタオルを巻いている。

そして、彼女がこちらに差し出したのは、水色のブラジャーであった。

「ざっと洗えばいいから」

「あ、うん」

どぎまぎしつつ受け取ると、美咲はすぐさま脱衣場を出ていった。

ひとりになり、ようやく緊張が解けてホッとする。だが、欲望の炎はまだ燻《くすぶ》っていたから、手にしたインナーを素早く顔に押し当てた。

カップの内側には、甘ったるい残り香があった。それにもうっとりさせられたけれど、荒々しいまでの秘臭を嗅いだあとではもの足りない。

（ていうか、ブラとパンティはお揃いじゃないんだな）

かつて付き合った年上の女は、脱いだときはいつも上下お揃いだった。普段からそうしていたのか、男と会うから下着にも気を配ったのかはわからない。

パンティは股間に密着して汚れやすいようだし、布も薄くてけっこう破れるのではないか。その点、ブラジャーはワイヤーも入って丈夫そうだから、長く使える気がする。

そうなれば、上下揃いで買ってもブラだけが残り、捨てるのはもったいないとパンティのみを買い足すのかもしれない。

そんなことを想像し、隆夫は美咲に好感を抱いた。ものを大切にする、健気《けなげ》ないい子だと思ったのだ。

もちろん、正直な匂いに惹《ひ》きつけられたことが、最も大きな理由だ。

3

洗ったものを脱衣場のピンチハンガーに干し、隆夫は台所兼食堂に戻った。

「どうも」

火鉢の脇に、脚を流して坐《すわ》っていた美咲が、ぺこりと頭を下げる。神妙な面持ちを見せているから、汚れ物の洗濯までさせて、さすがに申し訳なかったと思ったのだろう。

（さっきは頭に血が昇って、やけっぱちな言動をとったんだな）

そう思い、隆夫は「どういたしまして」と答えた。

若い娘のはす向かい、もともと坐っていたところに尻を据えると、彼女はなぜだか肩をすぼめ、身を堅くしたようだ。

（え、警戒してるのか？）

どうしてと疑問を感じたものの、美咲は下着をつけていないのだ。ノーブラで、しかもノーパン。

おまけに、下半身はバスタオルを巻いただけという、無防備な格好である。それで男の近くにいて、しかもふたりっきりということになれば、自然に振る舞うのは難しいだろう。

そうとわかったから、隆夫は彼女の気持ちを解きほぐすことにした。

「よかったら、何か食べる？　大したものはないんだけど」

山菜を盛った皿を差し出すと、美咲は興味深げに覗き込んだ。

「これ、何ですか？」

「みんな裏の山で採れた山菜だよ。ええと、これはコゴミ。茹でてマヨネーズで和《あ》えただけだけど、クセがなくて美味しいよ」

それは名前の由来どおり、ひとが屈んだみたいに先端部分がくるりと丸まっていた。渦巻きのようにも見えるだろう。

初めて見るのか、彼女が感心した面持ちでうなずく。そして、

「これがそうなんですね……」

と、つぶやくように言った。実物は初めてでも、存在は知っていたらしい。

「こっちの赤いのはウドの芽」

「え、ウドって、あの太い茎みたいな？」

スーパーなどで売っているものは、美咲も見たことがあるようだ。

「うん。あれは成長したものだけど、そうなる前に土を掘って採ったものなんだよ。こんなふうに薄く切って水に入れると、重なっていた葉が花びらみたいに開くんだ。これは酢味噌で和えてるけど、味噌汁に浮かべても美味しいよ」

「へえ」

彼女の喉がコクッと鳴る。お腹が空《す》いていたのではないか。

「こっちはタラの芽。天ぷらにするのが一般的だけど、これはゴマ味噌で和えたんだ。あ、ちょっと待って」

隆夫は流し台のほうに行って、箸《はし》を取ってきた。

「はい、これ。遠慮なく食べていいよ」

「ありがと」

礼を述べた美咲の頬が赤い。見ると、タラの芽が少し減っている。箸を待ちきれずに、指で摘《つ》まんで食べたらしい。

(やっぱりお腹が空いてたんだな)

隆夫はほほ笑ましく思った。

「お酒はどう？　日本酒と、よかったらビールもあるけど」

「ええと、じゃあ、ビールを」

「了解」

単身用の小さな冷蔵庫から缶ビールを出して渡すと、彼女はすぐさまプルタブを開けた。コクコクと喉を鳴らして飲み、「はあー」と大きく息をつく。

「美味しい……」

感激をあらわに涙ぐんだものだから、隆夫は戸惑った。

（え、そんなに飢えていたのか？）

何日も飲まず食わずだったみたいな反応。ここへ来るまで何をしていたのか、ますます気になる。

「じゃあ、山菜も食べて。あ、エイヒレも炙るから、よかったらどうぞ」

「すみません。ご馳走《ちそう》になります」

「ところで、こんな誰もいない集落で、何をしてたの？」

とっくに冷えている燗酒を、ぐい呑みに注ぎながら訊ねる。美咲は山菜に箸をつけつつ、

「ソロキャンプです」

と、簡潔に答えた。

それは文字通りにひとりで行うキャンプであり、隆夫もテレビで見たことがあ

った。その番組では、若い女性にも愛好家が増えていると紹介され、本当かなと首をかしげたのであるが、まさか当事者と対面するとは。

「じゃあ、何回もしてるの？」

「いえ、初めてです。テレビで見て、あたしもやってみたくなったんです」

さっきは尊大だった言葉遣いが、年上相手に相応《ふさわ》しい、丁寧なものになった。空腹だったところをご馳走してもらい、感謝の思いから従順になったのか。

「どこから来たの？」

「T市です」

そこは同じ県内の、県庁所在地であった。ただ、玉虫集落からはだいぶ遠い。

「どうしてここまで来たの？　T市なら、近くにキャンプ場とかありそうだけど」

「あたしがテレビで見たソロキャンプは、山の中でしてたんです。それこそ、このあたりみたいに、自然以外には何もなさそうなところで」

「ええと、普通のキャンプの経験はあったの？」

「ありません」

美咲はあっさりと答え、缶ビールに口をつけた。山菜はすでに半分近くが彼女の胃に収まっており、エイヒレも隆夫に断ることなく、金網から取って咀嚼《そしゃく》する。

（いや、キャンプの経験がなくて、いきなりソロキャンプは無理だろ）

しかも、何もない山の中でなんて。思ったほど簡単ではなく、用を足す場所も見つからなくて、明かりを頼りにこの家まで来たのではないか。

「それで、やってみてどうだったの？」

訊ねると、美咲は気分を害したように唇を歪めた。

「テレビだと、簡単そうに見えたんですけど」

などと言うところをみると、うまくいかなかったのだ。

「あの、ビールをもう一本いただけますか？」

丁寧な口調でお願いされ、隆夫は「いいよ」と答えた。冷蔵庫から缶ビールと、山菜の入ったタッパーも出す。アパートに持って帰るつもりで詰めたのだが、皿に盛ったぶんではとても足りないからだ。

「山菜だけだとものの足りなかったら、インスタントラーメンもあるよ」

「あ、それはあとでいただきます」

美咲が即答する。ちゃっかり食べるつもりのようだ。

「だけど、この家って何もないんですね」

火鉢以外は冷蔵庫と、小さな食器棚ぐらいしかない食堂を見回し、彼女が遠慮のない見解を述べる。

「まあ、住んでるわけじゃないからね」

「え、それじゃ、空き家に不法侵入してるんですか?」

犯罪者扱いされ、隆夫は顔をしかめた。

「まさか。ちゃんと買ったんだよ」

この場所を知った経緯や、気に入って貯金をはたいたこと、東京で区役所勤めをしていることも打ち明けた。

「あー、そうなんですね。あたしも、ソロキャンプにいいところはないか探してて、ここがよさそうだって決めたんです」

「下見とかしなかったの?」

「どんなところかわかりすぎてたら、面白くないと思って。サバイバルっぽいことをしてみたかったんです」

結果、失禁して泣きべそをかいたわけだから、サバイバルには到底向いていない。思ったものの、本人の名誉のために隆夫は黙っていた。

「ここならバスで来られるし、もともと集落があったところなら、多少は開けてるんじゃないかって思ったんです。山奥とかだと、さすがに怖いから」

「そうだろうね」

「それで、よさそうなところにテントを張ろうとしたんですけど、ワンタッチで簡単にできるって説明書には書いてあったのに、全然思うようにいかなくて」

ちゃんとしたキャンプ用のテントではなく、海水浴などのレジャーで使うようなものらしい。それすら満足に扱えなかったのか。

（事前に試せばよかったのに）

まあ、キャンプの下見すらしなかったのだ。サバイバルというより、すべてが行き当たりばったりだったのだろう。

「それで、しょうがないから空き家を探して、納屋を借りて泊まることにしたんです。戸が開きっぱなしだったし」

だからと言って、勝手に使っていいはずがない。ひとに向かって不法侵入などとあらぬ疑いをかけながら、自身がそれをやっていたなんて。

そもそもここらの土地は、ほとんどが誰かの所有物なのだ。山だって入るには許可がいる。

「とりあえずキャンプする場所は見つかったんですけど、火を熾そうとしても全然できないし、何も食べられなくてお腹が空いていたんです」

「え、火を熾すって、マッチやライターは？」

「持ってきてません。だって、サバイバルだと摩擦で火を熾すのが普通じゃないですか」

「ええと、それも前にやったことは？」

「ありません」

ぶっつけ本番もいいところだ。隆夫はあきれ返ったものの、かえってよかったかもしれないと思う。

（この調子だと、仮に火を熾せたとしてもうまく扱えずに、火事になったかもしれないしな）

無人の家屋を焼くだけならまだしも、山火事にでもなったら隆夫も被害をこうむることになる。

「事前に練習もしないで、いきなり本番に臨むのはやめたほうがいいよ」

やんわりたしなめると、美咲は不服そうに眉根を寄せた。

「でも、テレビに出てた女性タレントは、まったく初めてだっていうのに、ちゃんとうまくできてましたよ。だから、あたしにもできるかと思って」

「そりゃ、キャンプを勧める番組で、失敗するところなんか放送できないよ。うまくいくように、スタッフがお膳立《ぜんだ》てをしておくから成功するのさ」

「えー、そんなのヤラセじゃないですか」

「報道ならまずいだろうけど、バラエティとかなら演出ってことで済ませられるからね」

むしろ、テレビ番組を簡単に真に受ける、美咲のほうが心配だ。テレビショッピングを見るたびに、あれこれ買いまくっているのではないか。

「だったら、やめとけばよかったわ。あたしはトイレにも困って苦労したっていうのに」

「それだって、女性タレントがトイレをどうしたかなんて、番組には出てこなかっただろ?」

「はい……あたし、どうせ誰もいないから、そこらですればいいと思ってたんです。だけど、暗くて怖いし、ヘタにおしりとかだして虫に刺されたり、ヘビに噛《か》まれたりしたらイヤじゃないですか。それで、どこかにトイレがないか探してたら、明かりの点いた家が見えて、ここまで来たんです」

「そっか。悪かったね、驚かしたりして」

「いえ。あたしもこっそり様子を窺ったりして、かなり怪しかったと思いますから」

素直に反省し、美咲が小首をかしげる。

「そう言えば、牧瀬さんっておいくつなんですか?」

「年齢のこと? 三十九だけど」

「え、そんなお若いのに、山の中の家なんか買ったんですか?」

若いと言われて、隆夫は素直に嬉《うれ》しかった。やっぱり、まだこれからなのだという思いを新たにする。

「まあ、もともと田舎の出身だし、自然が好きなんだよ。都会で暮らしてるとストレスも溜まるから、息抜きができる場所がほしかったんだ」

「ふうん。あたしは東京でお勤めしたかったんですけど、親に反対されて地元に残ったんです」

「安城さんはいくつなの?」

「美咲でいいですよ。二十四です」

「OL?」

「そうですね。小さな会社ですけど」

独り暮らしではなく、ずっと実家住まいだと彼女は言った。そうすると、家事も親任せなのではないか。

事実、インスタントラーメンを自分で作るか訊ねたところ、できないのでお願いしますと頭を下げられた。

（そんなんで、よくソロキャンプなんてする気になったな）

正直に言ったら反対されるから、友達とキャンプをすると嘘《うそ》をついて出てきたとのこと。もしかしたら、親から離れて独り立ちをしたいという思いがあって、冒険してみたくなったのかもしれない。

ラーメンは、具にタケノコを入れた。まだ出たてのものを炒《いた》めて醤油で味付けし、シナチク代わりにしたのだ。

「あ、すごく美味しいです」

美咲は笑顔で称賛し、インスタントラーメンをたちまち平らげた。

4

勝手に入り込んだ納屋に、美咲は寝袋を置いてきたという。しかし、そこに戻って眠る気はとっくに失せたらしい。

「あの、ここに泊めていただけませんか？」

縋《すが》る眼差《まなざ》しでお願いされたら、無下に断れない。

「でも、蒲団《ふとん》がひとつしかないんだよ」

さすがに初対面の男と同衾《どうきん》はできないだろうと思えば、

「あたしは全然かまいません」

と、ためらいもせず答える。むしろ隆夫のほうが戸惑った。

（いいのかよ……）

誰もいない、明かりもない納屋で寝袋にくるまるよりは、誰と一緒でも蒲団のほうがマシだと考えたのか。

寝床に使っている座敷に、隆夫はとりあえず蒲団を敷いた。食堂に戻ると、歯ブラシがないか訊かれたので、買い置きのものを彼女に渡した。

隆夫がシャワーを浴びているあいだに、美咲は歯を磨いたようだ。風呂場を出ると、火鉢のそばにも姿はなかった。

（もう寝てるのかな？）

ビールを飲んだから、酔って眠くなったのではないか。

泊めてあげるだけとは言え、若い女性とひとつの蒲団に入るのは、さすがにどうかというところ。いたずらに手を出すつもりはなくても、理性を保てる自信がなかった。

何より、彼女の秘められた匂いを知ったあとなのだ。一瞬だが、全裸も目撃した。

鮮烈なヌードと、なまめかしい媚薫《びくん》を思い返し、劣情がぶり返す。股間のシンボルが重みを増し、ブリーフを盛りあげた。

（こら、落ち着け）

自らを叱《しか》りつけ、牡の欲望を追い払う。

ソファーかマットレスでもあれば、自分だけそこで寝るのだが、あいにくそんなものはない。あったとしても、からだに掛けるものがないから、寒くて凍えてしまう。春を迎えても、夜の山は冷えるのである。

なるべくくっつかないようにして眠るしかないなと、隆夫は困難に挑むような心持ちで座敷に入った。

常夜灯が薄暗く照らすそこは、ただでさえ十二畳もあるのに、何もないからいっそうだだっ広く映る。中央に敷かれた蒲団はこんもりと盛りあがっており、美咲はすでに寝ているようだ。

しかも、頭から蒲団をかぶって。

(怖いのかな?)

天井も高いし、こういう田舎の家に慣れていない者には、広さが恐怖になるかもしれない。

隆夫は蒲団の脇に膝《ひざ》をついた。寝息が聞こえないのを確認してから、

「入ってもいいの?」

と、声をかける。すると、掛け布団がもぞもぞと動き、こちら側がめくられた。

「どうぞ」

美咲の顔が少しだけ見える。チェックのシャツを着ているようだ。

(さすがに裸で寝てないか)

ちょっとだけ期待していたものだから、がっかりする。そうやってしっかりガードしているということは、彼女もおとなしく眠るつもりなのだ。

隆夫とて、上はTシャツだが、下はジャージズボンを穿いている。肌を触れあわせなければ心安らかに、睡魔に身を任せられるであろう。

「失礼します」

声をかけ、中に入ろうとしてから、これが自分の蒲団であることを思い出す。失礼しているのは美咲のほうなのだ。

すると、

「え、ズボンを穿いたまま寝るんですか？」

彼女が怪訝《けげん》そうな面持ちで訊ねる。

「ああ、うん」

「いつもそうしてるんですか？」

「いや、脱ぐことのほうが多いかな」

「だったらそうしてください。遠慮しないで」

そこまで言われて、隆夫はお言葉に甘えることにした。締めつけるものがないほうが、よく眠れるのである。

「じゃあ、そうするよ」

Tシャツとブリーフのみの格好になり、急いで蒲団に入る。下着姿を見られて恥ずかしがるような年でもないが、相手がひと回り以上も年下だと、さすがに平気ではない。

ひと肌で暖められた寝具の中は、甘いかぐわしさで満ちていた。二十四歳の若い女体は、シャワーのあとでもいい匂いをさせているようだ。

「それじゃ、おやすみ」

眠る体勢になるなり、柔らかなものがまといついてきた。

(え？)

心臓が大きな音を立てる。美咲が甘えるように縋りついてきたのだ。

しかも、脚を隆夫のものに絡みつける。

そこに至って、ようやく思い出す。彼女がさっきまで、下半身にバスタオルを巻いただけであったことを。しかも、ノーパンで。

風呂場から出たとき、脱衣所に上下の下着と、ボトムが干したままだったのは確認している。つまり、美咲はシャツを着ているだけで、下半身はすっぽんぽんなのである。

そんな大胆な格好の女の子に密着され、冷静でいられるわけがない。

「いや、ちょっと」

うろたえて声をかけると、美咲がきょとんとした面差しを向けてきた。

「何ですか？」

「あの……そんなにくっつかなくても」

「だって、お蒲団はひとり用だし、こうしないと寝られないじゃないですか。横からはみ出したら、風邪《かぜ》をひいちゃいます」

確かにその通りだから、反論に窮する。すると、彼女は調子に乗ったみたいに、しっかりと抱きついてきた。

「それに、このほうがあったかくて、気持ちいいです」

暖かいどころかエロチックな状況に置かれ、隆夫は股間が熱くなってきた。分身がムクムクと膨張し、脈打ちを著しくする。

（まずい。気づかれるぞ）

とは言え、からだは掛け布団ですっぽり覆われているのだ。さわられでもしない限り、昂奮状態を悟られる心配はない。さすがに美咲は、そこまで蓮《はす》っ葉《ぱ》ではないだろう。

そう思って安心しかけたとき、股間に甘美な電撃が生じた。

「あうっ」

だらしなく声をあげ、腰をビクンと震わせる。だが、いったい何が起こったのか、咄嗟《とっさ》にはわからなかった。

「あ、大きくなってる」

無邪気な声で、ようやく理解する。美咲が牡の高まりに触れたのだと。

いや、触れたなんてなま易《やさ》しいものじゃない。しっかりと握り込んでいた。

それどころか揉《も》むようにして、いっそうの悦《よろこ》びを与えてくれる。長らく異性と触れあっていない隆夫が、太刀打《たちう》ちできるはずがなかった。

まして、相手が年下の愛らしい女の子とあっては。

こんなことをしちゃいけないと思っても拒めない。そのため、隆夫はされるがままであった。

「すごい。どんどん硬くなる」

男性器の変化を受け、手の動きが忙《いそが》しくなる。掴《つか》んだ強《こわ》ばりをブリーフで包んだまましごき、海綿体を限界まで充血させた。

（ああ、こんなのって）

快感に身を震わせながら、隆夫は尿で湿ったパンティの、淫靡《いんび》な匂いを思い出した。いやらしい施しを受けることで、自然と記憶が蘇《よみがえ》ったのだ。

それにより、もっと気持ちよくなりたい欲求が高まる。

直に握ってほしいと願うなり、股間の手がはずされる。もう終わりなのかと落胆しかけたのも束《つか》の間、ブリーフのゴムに指がかかった。

「脱いで」

短く告げた美咲が、自ら男の下着を脱がせようとする。そうされたいと願っていた隆夫は、言われずとも尻を浮かせた。

ビクン――。

遮るものを取り払われ、肉根が雄々しくしゃくり上げる。そこに、しなやかな指がすぐ巻きついた。

「くううう」

堪《こら》えようもなく呻《うめ》いたのは、ブリーフ越しとは比べものにならないぐらい気持ちよかったからだ。

「やん、硬い。カッチカチだね」

美咲が握った手を締めたり緩めたりして、漲《みなぎ》り具合を確認する。本人に愛撫《あいぶ》のつもりはなくても、隆夫は快《こころよ》さに悶《もだ》えた。

「こうなったのは、あたしのせいなんですよね？」

問いかけにドキッとしたのは、下着の残り香を嗅いだことを知られたのかと思ったからだ。

「み、美咲ちゃんのせいって？」

怖《お》ず怖《お》ずと問い返せば、彼女が嬉しそうに目を細める。

「あたしに魅力があるから、牧瀬さんは勃起《ぼっき》したんですよね」

そういうことかと、隆夫は安堵《あんど》した。

「それはそうだよ。こんな可愛い子といっしょに寝れば、いけないと思ってもおかしな気分になるよ」

「誰もいけないなんて言ってませんよ」

美咲は目だけでにんまり笑い、顔を近づけてきた。

「だから、牧瀬さんもあたしをさわっていいんですからね」

甘ったるい吐息に、頭がクラクラする。彼女は同じ歯磨き粉を使ったはずなのに、どうしてこんなにいい匂いなのだろう。

隆夫は操られるように横臥《おうが》して、美咲のほうを向いた。手をのばし、まずはおしりに触れる。

ぷに——。

搗《つ》き立てのお餅みたいに柔らかく、肌もスベスベ。極上のさわり心地だ。気がつけばお肉に指が喰い込むほどに、ふたつの丘を揉み撫でていた。

「ああん、エッチぃ」

若い娘が甘えた声でなじる。彼女のほうが、もっとエッチなところをさわっているというのに。

そして、お返しをするように、手にした強ばりをゆるゆるとしごき出す。

（ああ、いい感じ）

女の子とさわり合うのは、なんて気持ちがいいのだろう。肉体的な快さばかりではなく、心も満たされるようだ。

それにしても、恋愛も結婚もまだこれからだと決意を新たにした日に、こんな素敵な異性と知り合えるなんて。しかも呼び寄せたわけではなく、向こうからやって来たのである。

（この家を買ってよかったな）

心から思ったところで、ふと気になる。美咲はどういうつもりで迫ってきたのだろうか。

夕食をご馳走になった上に、泊めてもらえるということで、お礼のつもりで身を捧げているのか。それが最も妥当な線だが、できれば好きになってもらいたいというのが、隆夫の偽らざる気持ちだった。

（さすがにそれは無理か……）

会ったばかりで好意を持たれるほどの色男ではないと、自分自身がよくわかっている。感謝はされても、惚《ほ》れられることはない。

ましてて、年が違いすぎる。ひと回り以上も離れているし、こっちは四十前のオジサンだ。二十四歳の彼女の、恋愛対象になどなり得ない。

そこまで考えて、隆夫は落ち込みそうになった。

（まあ、でも、こんなおれといっしょに寝て、気持ちいいことをしてくれるんだ。それだけでもラッキーじゃないか）

いいほうに考え直したところで、悩ましげに息をはずませていた美咲が瞼《まぶた》を閉じた。顎《あご》をちょっと前に出して、

「チュウして」

と、愛らしくねだったのである。

（え、いいのか？）

隆夫は躊躇《ちゅうちょ》した。

からだをまさぐり合うだけなら、ひとときの戯れで片付けられる。けれど、くちづけは情愛の証だ。好きという気持ちが通じ合って、初めてなされるものではないのか。

（ひょっとして美咲ちゃんは、おれを好きになったっていうのか？）

期待が高まり、全身が熱くなる。拒む理由はないと、ふっくらした桃色の唇に、自分のものを焦り気味に重ねた。

「ンぅ」

彼女がわずかに呻き、身じろぎをする。強く押しつけすぎたかと、隆夫は少し密着度を緩めた。

（おれ、美咲ちゃんとキスしてる）

かつて結婚を考えた相手もいた三十九歳。これがファーストキスでもないのに、感激で胸がいっぱいになる。

愛らしい娘とのくちづけは、長らく彼女のいなかった男にとって、事件と言ってもいい特別なイベントであった。

それにしても、女の子の唇は、どうしてこんなに柔らかいのか。ふにふにと危うげで、強く吸ったら壊してしまいそうだ。

隆夫は童貞少年に戻ったみたいに、唇を重ねたまま何もできずにいた。感激で頭がボーッとなっていたためもある。

美咲の唇がほどける。甘い吐息を直に与えられてうっとりした直後、今度は舌が入り込んできた。

（ああ……）

いっそう親密になったくちづけに、隆夫は涙がこぼれそうになった。自らの舌をチロチロと戯れさせれば、くすぐったくも情愛が行き交う心地がする。

温かな唾液《だえき》は、吐息以上に甘くて芳醇《ほうじゅん》だ。ケモノっぽい印象のクロッチ臭にも昂奮させられたが、それよりずっと控え目なこれも好ましい。彼女のすべてが自分のために存在するような気すらした。

もしかしたら、美咲とこうなることは、最初から運命づけられていたのだろうか。柄にもなくロマンチックな物思いにも駆られたとき、ペニスに絡んだ指が舌と連動するように動き出した。

「むふ」

目のくらむ気持ちよさに鼻息がこぼれ、腰がわななく。キスを交わしながらの愛撫は、快感がいっそうふくれあがるようだ。

ならばと、ヒップの手をはずし、秘められた苑へと移動させる。指に絡む秘叢《ひそう》をかき分けて進んだところは、温かな湿地帯であった。

「んうぅ」

軽く触れただけで、美咲が小さく呻く。咎《とが》めるように舌を強く吸った。

だが、彼女はさわっていいと許可したのだ。本心は、もっとしてほしいに違いない。

手探りで恥ミゾをなぞり、滲《にじ》んだ愛液をまといつける。その間にも内側から新たな蜜《みつ》が溢《あふ》れ、たっぷりと潤滑された指が徐々にもぐり込んだ。

「ふは——」

美咲がくちづけをほどく。女芯《にょしん》をいじられて感じたものだから、苦しくなったらしい。ハァハァと息をはずませた。

「美咲ちゃんのここ、すごく濡れてるよ」

感動を込めて告げると、彼女が「イヤイヤ」と恥じらう。

「ま、牧瀬さんがいやらしくさわるからだもん」

その前から湿っていたのに、苦しい弁明だ。

同衾し、キスしたことで情愛が高まったから濡れたのだろう。言葉遣いが親密になったのも、心を許した証に違いない。

（ああ、可愛い）

隆夫は、今度は自分から唇を重ねると、濡れ園を細やかに愛撫した。最も感じる敏感な肉芽を、転がすようにこする。

「んんッ、ん――むふぅうう」

苦しげに鼻息をこぼしながらも、美咲はくちづけを続けた。もしかしたら、はしたない声を抑えるために、自ら口を塞《ふさ》いでいたのかもしれない。

そんなところもいじらしくて、もっと感じさせたくなる。

とは言え、隆夫もあまり余裕がなかった。猛《たけ》る分身を、ずっと握られていたからだ。

快感を与えられて、彼女は奉仕する余裕をなくしたらしい。手を動かさず、時おり握りを強めるので精一杯というふうだ。

それでも、異性との親密なふれあいから遠ざかっていた身には、ひとつ蒲団で抱き合うだけでも充分に刺激的なのだ。

若い体臭を間近に嗅ぎ、女体の柔らかさにも官能を高められている。さらにキスをして、互いの性器を愛撫し合うエロチックな状況に、昂奮は天井知らずに高まった。

そのため、握られているだけで、かなりのところまで上昇していたのである。

そろそろ次の展開に移ったほうがよさそうだ。最終的にはペニスを挿入したいし、この感じなら、美咲も受け入れるつもりでいるのだろう。

しかし、このますぐに結ばれるのはもの足りない。

そのとき、彼女がそれ以上の愛撫を拒むように、太腿《ふともも》をギュッと閉じる。指を動かせないことはなかったものの、願いを察して隆夫は中断した。

「どうしたの？」

唇をはずして訊ねると、美咲が頬を赤くして恥じらう。

「……あんまりいじられたら、へ、ヘンになっちゃいそうだったから」

どうやら絶頂が近づいていたらしい。さすがに昇りつめるところは見られたくないようだ。

だったら、他の方法で気持ちよくしてあげたらどうだろう。

「ねえ、美咲ちゃんのここ。舐《な》めてもいい？」

「え？」

「おれ、美咲ちゃんをもっと気持ちよくしてあげたいんだ」

初めての相手でもある女教師と、セックスの実践はそれなりに積んだ。時間はかかったが、ピストン運動で頂上に導けるようにもなった。

そんな隆夫が最も得意としたのは、クンニリングスであった。童貞時代が長く、女性器への憧《あこが》れが強かったため、舐めることへの抵抗はまったくなかった。

それこそ、仮に彼女がシャワーを浴びておらず、生々しい匂いをさせていたとしても、喜んで口をつけたであろう。

初体験を遂げたあと、隆夫は挿入しても長く持たせることができず、彼女を落胆させることが多かった。そのため、挽回すべく舌奉仕に励んだ面もある。

よって、得意というより、それぐらいしかできなかったというのが正しい。けれど、かなり感じてもらえたし、セックス以上にオルガスムスを与えられたのは事実である。

だからこそ、美咲も舐めてイカせようと考えたのであるが、

「だ、ダメよ」

あっさり拒まれてしまった。

「え、どうして?」

「だって、恥ずかしいもの。あと、いっぱい濡れちゃってるし」

性器を見られることに加え、愛液でヌルヌルになったところに口をつけられるのも、抵抗があるようだ。

別れた女は年上だったからか、秘部をためらいもなく晒《さら》した。初めての交わり

でも隆夫が童貞だと知ると、どこに挿《い》れるのか自ら花びらを広げて、教えてくれたほどである。

当然、クンニリングスも恥ずかしがることなく受け入れた。もちろん事前にシャワーを浴びて、清めたあとだったが。

そのため、美咲の恥じらいは新鮮で、妙にゾクゾクさせられた。おかげで、是が非でも舐めたくなる。

「じゃあ、目をつぶってするよ。お願い。舐めさせて」

譲歩して頼んでも、彼女は首を縦に振らなかった。

「絶対にダメ。どうせ途中で目を開けるんでしょ」

企《たくら》みは完全に見透かされている。この様子だと、これまで誰にもさせたことがないのだろう。

(けっこう大胆なのかと思えば、恥ずかしがり屋なんだな)

パンティに染みついた生々しい匂いを嗅がれたなんて知ったら、泣き出すかもしれない。

「そんなことしなくていいから、これ、早く挿れて」

手にした屹立《きつりつ》を、美咲が急《せ》かすようにしごく。そこまで言われては、無理強いなどできない。

「わかった」

隆夫は仰向けになった彼女に身を重ねた。できれば素っ裸で抱き合いたいと、贅沢な望みを抱きながら。

「ね、ここに」

導かれた分身の切っ先が、温かく濡れた淵《ふち》に触れる。上下に動かされ、潤滑の蜜がまぶされた。

「いいよ、挿れて」

言われて、隆夫は無言でうなずいた。口を開かなかったのは、にやけそうになっていたからだ。

(おれ、美咲ちゃんとするんだ)

セックスをするのは、人生でふたり目になる。女性に縁のない人間だと諦めていたのに、複数の異性と関係できるなんて。年を重ねて、男の魅力が出てきたのだろうか。

などと背負《しょ》ったことを考えたために、頰が緩みがちだったのである。

ともあれ、クンニリングスができないのだから、ペニスで感じさせるしかない。

絶対によがらせてやるんだと意気込んで、隆夫は腰を送った。

ぬぬぬ――。

肉の槍《やり》が狭いところを圧《お》し広げて進む。しっかり潤っていた膣《ちつ》は、引っかかりもなく歓迎してくれた。

「ああーン」

美咲が喉を反らし、両手で隆夫の二の腕を掴む。若いからだをワナワナと震わせ、眉間《みけん》に深いシワを刻んだ。

（うわ、気持ちいい）

彼女の内部はヒダが粒立っていた。それが敏感な亀頭をヌルヌルとこするのである。

おかげで、隆夫は挿入途中で、早くも危うくなりかけた。

「ふう」

どうにか危機を回避し、美咲に下半身をあずける。ふたりの陰部が重なり、完全に繋がった。

「はあ」

大きく息をついた彼女の表情が和らぐ。眉間のシワが消え、面差しに陶酔が浮かんだ。

「入ったよ」

告げると、「うん、わかる」とうなずく。入り口部分が確認するように、キュッとすぼまった。

「動くよ」

「うん」

隆夫は腰をそろそろと引き、ゆっくりと戻した。中がかなりキツいから、時間をかけて馴染《なじ》ませたほうがいいと考えたのだ。

それに、速く動いたら、こっちが早々に果ててしまう。

緩慢な抽送を続けるあいだに、愛液の湧出量が増したようだ。内部の粘膜もほぐれ、肉根をねっとりと包み込んでくれる。

「ん……あ、あふ」

美咲が喘《あえ》ぐ。瞼を閉じ、快さげに息をはずませて。

(そろそろいいかな)

隆夫は腰づかいのテンポを上げた。

「あ、あ、あん、はぁ」

奥を突かれるたびに、彼女が声をあげる。だが、そのトーンは一定で、どれだけ激しくしても高まる様子はなかった。

（若いから、まだそんなに感じないのかな？）

膣感覚が未成熟なのかもしれない。だったら尚《なお》のこと、クンニリングスをしてあげればよかった。

しかしながら、今さらやり直しはできない。

どうにかして美咲をよがらせたいと、隆夫は懸命に女体を責め続けた。挿入の角度を変えたり、深いと浅いを交互に繰り出したりして。

それでも、彼女の性感曲線が上向くことはなかった。

（あ、まずい）

限界が迫り、隆夫は顔を歪めた。

過去に経験した交わりは、ほとんどがコンドームを装着してだった。かつて付き合った相手が、妊娠を徹底して避けたからである。二度ほどナマでしたときも、中に出すことは許されなかった。

美咲との行為で長く持たせられなくなったのは、直にまつわりつく膣粘膜が、あまりに気持ちよかったからだ。独りになってから、欲望処理はずっと右手の摩擦で、強い刺激に慣れていたにもかかわらず。

「美咲ちゃん、もう出そうだ」

いよいよというところで告げると、彼女は焦りを浮かべた。

「中はダメ、外に――」

その言葉を聞き終わる前に、隆夫はペニスを抜いた。本当にギリギリだったのだ。

淫蜜をまといつけ、断末魔の脈打ちを示す分身を、美咲の柔らかな下腹に押しつける。めくるめく瞬間が襲来し、隆夫は鼻息を荒くしながら、無意識に腰を振った。

びゅるんッ――。

粘っこい白濁汁が、綺麗な肌を穢《けが》す。

隆夫はなめらかな肌に秘茎をこすりつけ、浅ましく快感を求めた。次々と放たれるものが、彼女のシャツを汚すのではないかと気にかけることもなく。

「あふ、はあ……」

激情のひとときが去り、虚脱感が訪れる。手足に力が入らず、隆夫は美咲にからだをあずけるしかなかった。

すると、彼女の手が背中に回り、慈しむようにさすってくれる。

「気持ちよかった？」

優しい問いかけに答える余裕もなく、荒ぶる呼吸を持て余す。蒲団の中に立ちこめる青くさい匂いが、隆夫の物憂さを募らせた。

5

翌朝、目を覚ますと、蒲団の中に美咲はいなかった。

（え、あれ？）

昨晩、彼女のお腹に射精し、ティッシュで後始末をしたあと、ふたりは抱き合って眠った。下半身は脱いだままで。

寝つくまでのあいだ、美咲は萎《な》えたペニスを弄《もてあそ》んでいたようであった。たっぷりとほとばしらせたあとで、復活こそしなかったものの、牡の急所のほうまで興味津々というふうに触れていた。

そのせいか、いつになく朝勃《あさだ》ちの勢いが凄《すさ》まじい。反り返った頭部が、下腹にめり込みそうだ。

（美咲ちゃん、トイレかな？）

あるいは、乾いた精液の跡が気になって、シャワーを浴びているのか。

隆夫はブリーフも穿かず、フルチンのまま座敷を出た。ギンギンの己身を見せつけたいという、変態的な欲求が高まったのだ。

ところが、彼女の姿はどこにもない。脱衣場に干した衣類もなくなっていた。

それから、玄関のシューズも。

（もう帰ったのか？）

今さらのように時計を見れば、午前十一時近い。ゆうべは久しぶりのセックスで腰を酷使したし、オルガスムスの快感もかなりのものだった。そのため、疲れと脱力感の影響で寝すぎたようだ。

とは言え、惰眠を貪《むさぼ》る男にあきれて、美咲はさっさと帰ったわけでもあるまい。会ったばかりで肉体関係を持ったことが恥ずかしくなって、顔を合わせられなかったのではないか。

いや、それならまだいい。

起きてから隆夫の寝顔を見て、どうしてこんな冴《さ》えないオジサンにからだを許したのかと、後悔した可能性もある。そのため、すべてなかったことにしようと、痕跡を残さず消えたのだとか。

（そっちのほうがあり得るかも……）

何しろ、美咲はまだ二十四歳なのだ。四十路前の男と交わって、いい思い出になるわけがない。

一方、隆夫のほうは未練たらたらだった。

もう一度会いたいし、できればまた抱き合いたい。しかし、わかっているのはT市に住んでいるということのみ。探すのは不可能に近かった。

（くそ。どうして連絡先を交換しなかったんだろう）

今さら悔やんでも、もう遅い。

大いに落ち込み、朝勃ちも完全に萎える。せめて蒲団に残り香がないかと座敷に戻ったところで、枕元《まくらもと》にある二つ折りの紙に気がついた。

（え、何だ？）

拾いあげて、玄関脇の電話台に置いてあった、メモ用紙だとわかった。広げてみれば、丸っこい愛らしい字が書いてある。

《牧瀬さん

お世話になりました。

突然のことでご迷惑をおかけしましたこと、お許しください。

いずれリベンジして、今度こそソロキャンプを成功させます。

では、またいつか。

安城美咲》

美咲の置き手紙だ。素っ気ないほど短いものの、昨夜のセックスを後悔しているわけではないとわかり、隆夫は安堵した。

そして、最後の一文に胸を躍らせる。

（またいつか――）

あれで終わりではない。彼女はまた来てくれるのだ。

それがいつのことかわからぬまま、隆夫は嬉しさのあまり、ひとり座敷で小躍りした。

第二章　遠くのお向かいさん

1

「あいたたた」

曲げっぱなしだった腰を伸ばし、隆夫は思わず声をあげた。

慣れない畑仕事。しかも鍬《くわ》で土を耕していたものだから、肉体にかなり負担がかかったようだ。膝もガクガクする。

(もう年なのか?)

弱気になりかけたものの、まだ若いんだぞと、自らに言い聞かせる。

(このぐらい、経験を積めば何てことないさ)

隆夫が悪戦苦闘しているのは、家の横の斜面にある畑だ。長らく放置されていたために雑草が生え、土もだいぶ固まっていた。

それを掘り起こし、畝《うね》を作り、野菜をこしらえるのである。

畑は広さ一アールほど。昔の単位なら一畝《いっせ》、つまり三十坪だ。

決して大きくはないものの、ひとりで耕すとなると骨である。もちろん、隆夫は最初から全部耕すつもりはなかった。とりあえず畝を数本こしらえ、キュウリやトマトなど、育てやすい野菜を作るのだ。

畑仕事は、子供時代に祖父母の家で手伝ったことがある。そのときに鍬を扱うコツも習ったが、遠い昔のことなのでよく憶《おぼ》えていない。そのため、勤務する区にある図書館や、ネットで畑作りの手順やコツを調べた。

いずれは一畝の畑をすべて耕したい。しかし、手作業だと大変だ。

（耕運機を買おうかな）

今は小型で、手頃な価格のものも出ている。新品でなく中古なら、農家が手放したものが安く買えるかもしれない。

とは言え、急ぐ必要はなかった。今のところは、自分の力でできるぶんだけで充分なのだから。

（野菜が実った頃に、また美咲ちゃんが来てくれたらな）

そんな希望も抱く。自家製の野菜料理をご馳走したら、きっと喜んでくれるに違いない。

《すごいですね。この野菜も、牧瀬さんが作ったんですか？》

なんて感心して、夜もたっぷりサービスしてくれるとか。

ついいやらしい妄想をしてしまうのは、あれから二週間が経っても、鮮烈な記憶として残っているからだ。もう一度抱き合いたい気持ちも、日増しに強まっていた。

しかし、隆夫にできるのは待つことのみである。

「さて、もうひと踏ん張りだ」

声に出し、自らを励ます。

今日は日曜日で、夕方には帰らねばならなかった。それまでに、耕す作業だけでも終わらせておきたい。

隆夫は鍬を振りあげ、土に打ち下ろした。ザクッと、心地よい音が立つ。

そのとき、車のエンジン音が聞こえた。

（え？）

顔をあげ、家へ上がってくる道のほうへ目を向ける。曲がりくねったそこを、赤い軽自動車が走るのが見えた。

この集落の人間は、とっくにいなくなっている。たまに訪れてくる元住民もいるが、こちら側の山は、隆夫のところが一番上であった。

よって、あの車は、ここへ向かっていることになる。だが、この家を知っている友人知人はいないし、訪問者に心当たりはなかった。

（あ、美咲ちゃんかも）

胸がはずみかけたものの、彼女はこのあいだ、バスで来たと言っていた。運転免許があるのなら、前回も車を使ったはずである。

だったら誰なのかと考えて、もしかしたら山菜が目的なのかと思いつく。誰もいないのをいいことに、勝手に山に入って山菜を採る不届き者がいると、前の所有者に教えられたのだ。

そんな輩《やから》も、住人がいるとわかれば、諦めて退散するであろう。ここはしっかり見張ってなくちゃと、鍬を手に待ち構える。

車は、隆夫の家の前まで来て停まった。エンジンが停止し、運転席側から出てきたのは、女性であった。

そして、畑にいる隆夫を見つけると、ニッコリ笑ったのである。

（え、誰だ？）

知り合いでないのは、すぐにわかった。なぜなら、遠目でも目を惹かれる美女だったからである。

年は三十路《みそじ》前後であろうか。ジーンズにトレーナーというラフな服装ながら、芸能人っぽい華が感じられる。近ごろテレビドラマに起用されて評判の女優に、どことなく似ている気がした。

あんな綺麗なひと、一度会ったら忘れるはずがない。ただ、やけに愛想よくニコニコしながら近づいてくるから、やはり知った間柄なのだろうか。

（ひょっとして、昔の同級生とか？）

成長すれば顔も変わるから、その可能性は充分にある。とは言え、地元ならいざ知らず、ここらには知人などいない。偶然いたとしても、この家を自分が買ったことなどわからないはずだ。

いったい誰なのか判然とせぬまま、麗しの笑顔から目を離せずにいると、

「こんにちは」

彼女がぺこりと頭を下げて挨拶をする。

「あ……どうも」

「この家に住まわれているんですか？」

「いえ。買うには買ったんですけど、今のところ休みのときに来るぐらいです」

「あ、そうなんですか」

うなずいた美女が嬉しそうに打ち明ける。

「じゃあ、わたしといっしょですね」

「え？」

「わたしもまだ、行ったり来たりなのよ」

どういうことかと戸惑っていると、彼女が右手を差し出す。

「吉崎玲子《よしざきれいこ》です。よろしくね」

名乗られて、隆夫も右手を出した。軍手をしていたことに気がついて、急いではずす。

「おれは牧瀬隆夫です」

握った手は柔らかく、温かだった。包み込まれるような感触に、うっとりしてしまったほどに。

（いかにも大人の女性って感じだな）

三十歳ぐらいかと思ったのだが、ジーンズがパツパツの太腿から、成熟した色香が漂っている。もう少し上かもしれない。

あるいは、人妻なのか。それとなく左手を見たが、結婚指輪はなかった。

こんな手でペニスを握られたら、どんなに気持ちいいだろう。などと、品のないことを考えたのは、なまじ若い娘と肉体関係を持ったため、欲求不満が高じていたせいだろうか。

ともあれ、ずっと握っているわけにはいかない。未練たっぷりに離すと、玲子が鬢《びん》の髪を指でかき上げた。

「牧瀬さんは、こちらの方じゃないんでしょ？」

「ええ。今は東京住まいです」

東京の区役所で働いているが、もともとは北陸の田舎町出身であること、四十前に決心して、山の家を手に入れたことも打ち明ける。警戒心がすっかりなくなったのは、美人を前に舞いあがったのに加え、ひと懐っこい笑顔の魅力に惹き込まれたからだ。

「そうなんですか。わたしは横浜なんですよ。生まれたときからずっと」

だからラフな装いでも、洗練されているように感じられたのか。

「だったら、どうしてここに？」

「わたしの大伯父《おおおじ》が、この玉虫集落に住んでいたんです」

そう言って、彼女が向かいの山を指差す。

「見えますか？　あそこに瓦《かわら》屋根があるんですけど」

なるほど、新緑に紛れるみたいに、黒い瓦の屋根が見えた。

「うん、わかります」

「あれが大伯父の家の納屋なんです。その奥にある三角形の屋根が屋敷です」

屋敷は木々に隠れて見えづらかったものの、屋根のてっぺんに太陽の光が反射しており、それでどうにか判別できた。

「じゃあ、今はあそこに?」

「ええ。大伯父はだいぶ前になくなって、そのあと大伯母《おおおば》は子供のところに身を寄せたため、ずっと空き家だったんです。そのうち、集落も住むひとがいなくなったから、誰も継ぎたくないって話になって」

「そうだったんですか」

「で、先々月に大伯母が亡くなって、あの家をどうするのかって話になったとき、だったらわたしがって手を挙げたんです。昔、何度か遊びに来たことがあって、この場所がけっこう好きだったから」

横浜なんてお洒落《しやれ》な街に住んでいても、自然が豊かな田舎が好きだとは。隆夫は玲子に好感を抱いた。

「じゃあ、この集落のことを、よく知っているんですね」

「よくってほどじゃないですけど。遊びに来たのは小学生までですから。中学生になってからは、部活動もあって来られなくなったんです。最後に来たのって、ちょうど二十年前かしら」

そうすると、彼女は三十二歳ぐらいか。外見はもっと若々しいが、溢れる色気が年齢相応に見せているようである。

「それで、先々週ぐらいからときどき来て、家の中を整理してるんです。大伯父の息子さんたちが、修繕や周りの草刈りとかをしてたので、そんなに大変じゃないんですけど。何しろ築百年近いから、古いところがまだ残ってるんですよね」

「え、そんなに歴史があるんですか？」

「古い時代には名主だったと聞いてます。その名残で、家もけっこう立派なんですよ」

「なるほど」

うなずいた隆夫であったが、ふと疑問が浮かんだ。

「そう言えば、どうしておれがこの家にいるってわかったんですか？」

「前に、畑仕事で来られていた地元のひとにお会いして、こちらのお宅を買った方がいるって伺ったんです」

おそらく、ここの以前の所有者が、売ったことを地元民に話したのだろう。

「それで、ゆうべ外を見たら、こちらに明かりが灯《とも》っていて、いらっしゃるんだとわかって挨拶に伺ったんです」

「そうだったんですか。ご丁寧にどうも」

「いいえ。いちおう、お向かいさんになるわけですから」

こちらと向こうの山で、距離はかなり離れている。ただ、向かい側に家があるのは間違いない。

「なるほど、そうですね」

お向かいさんという言葉に親しみが込められているのを感じて、隆夫も頬が緩んだ。

「吉崎さんも行ったり来たりっていうことは、やっぱり週末にこちらへ?」

訊ねると、玲子は「んー」と首をひねった。

「特に決まっていませんね。週末は道路が混みますから、むしろ平日のほうが多いかもしれないです」

ということは、あの赤い軽自動車を、横浜から運転してきているのか。高速でも三時間はかかるはず。

「それじゃ、お仕事は？」

「今はたまに友達のお店を手伝うだけなので、わりあいに時間が取れるんです」

ということは、家が資産家なのだろうか。大伯父の先祖が名主なのだから、他にも山林などの不動産があるのかもしれない。

隆夫は咄嗟にそんな想像をしたものの、どうやら違ったらしい。

「わたし、昨年離婚したんです」

さらりとプライベートを告白され、絶句する。

（え、離婚？）

本当なのかと訝《いぶか》りつつ、なるほどと納得できた部分もあった。

（そうか……以前は人妻だったから、こんなに色っぽいんだな）

では、ひとりで生きていく決心をして、山の中の家を手に入れたのか。

「元旦那《だんな》には、慰謝料以外に月々の生活費ももらってますから、無理をして働く必要はないんです」

玲子があっけらかんと打ち明ける。それだけのお金を払えるということは、別れた夫はかなり収入があるのだろう。

（離婚の原因も、旦那側にありそうだな）

だからこそ、慰謝料に加えて生活費の面倒も見ることになったのではないか。夫が離婚の原因になる場合、最もあり得るのは浮気である。しかし、こんな魅力的な奥さんがいて、他の女に手を出そうなんて心境になるだろうか。もしも本当に浮気なら、夫だった男はよっぽどの美男で、女たらしなのかもしれない。そんなことを考えていると、

「だけど、畑仕事はやってみたいわ。せっかく自然が豊かなところにいるんですから」

玲子が作業中の畑を見て、羨《うらや》ましそうに言う。

「吉崎さんのお宅には、畑はないんですか?」

訊ねると、彼女は「ええ」とうなずいた。

「山はあるので、開墾すればいいんでしょうけど、そこまでするのはさすがに大変ですから」

「でも、家の脇に平らな土地があれば、家庭菜園ぐらいならできるんじゃないですか? 土は山のほうから運んで」

「そうですね。それぐらいなら」

なるほどという顔でうなずいた玲子が、おねだりするように目を細める。

「そのときは、手伝ってくださいますか？」

「え、ええ、もちろん」

隆夫は承諾し、胸を高鳴らせた。こんな美女に頼まれて、断れる男などいるはずがない。

「よかった。わたし、こういうところでの生活には慣れていないので、いろいろと助けてくださいね」

「はい。お向かいなんですから、気軽に声をかけてください」

「よろしくお願いします。あ、でしたら連絡先を」

ふたりは携帯番号とメールアドレスを教えあった。

「それでは、これで失礼します。お仕事中にすみませんでした」

「ああ、いえ。では、また」

「さようなら」

車のほうに戻る玲子の後ろ姿を、隆夫は目で追い続けた。彼女自身というより、豊満なヒップを。

ジーンズに包まれた丸みが、これ見よがしにぷりぷりとはずむ。セクシー以上にエロチックで、間近で目にしたら、むしゃぶりつかずにいられなかったのではないか。

股間をじんわり熱くしていると、車のドアを開ける前に、元人妻が振り返る。ニッコリと笑ったのがわかり、隆夫は思わずしゃちほこ張った。

「ど、どうも」

聞こえるはずもないのに挨拶を口にして、頭を下げる。ドアが閉まる音がして、ようやく顔をあげた。

赤いボディが走り去ったあとも、隆夫はぼんやりとその方向を眺め続けた。

（……いい女だったなあ）

こんな田舎に来て、あんな美しいひとと知り合えるなんて。美咲といい、急に異性運が向いてきたみたいだ。

しかも、玲子は同じ集落に家を持っているのである。定住しているわけではなく、距離もあるけれど、お向かいさんであることに違いはない。

おまけに離婚しているから、フリーの身なのだ。

（これから楽しくなりそうだぞ）

胸を期待ではずませて、隆夫は鍬を振り上げた。ザクザクと心地よい音を立てながら、どんどん畑を耕していった。

2

次の週末、隆夫はいそいそと玉虫集落——田舎の我が家にやって来た。また玲子に会えることを期待して。

なまめかしい笑顔や優美なヒップラインは、一週間が経った今でも鮮明に思い出せる。それだけ印象深かったのだ。

とは言え、そんな自分にあきれるところもあった。

（玲子さんが来るまでは、美咲ちゃんのことを考えていたのに……）

新たな女性が現れたら、安易に乗り替えるなんて。いくらなんでも節操がなさすぎるのではないか。

ただ、最初の女性にフラれて以来、ずっと寂しい日々を送ってきたのだ。このぐらいは許されるはずと、都合よく考える。

何しろ公僕として真面目に働き、一時は恋愛も結婚も諦めかけたのである。そんな自分に、神様がご褒美を与えてくれたに違いない。

などと、普段は神も仏も信じないくせに、こういうときだけ人智を超えた存在に責任を転嫁する。

ともあれ、玲子に会いたいとは思っても、彼女はウイークデーにこっちへ来ることが多いらしい。このあいだはたまたまだったようだから、来れば会えるとは限らないのだ。

そうとわかりつつも、脳裏に麗しのお顔とおしりがチラつく。

（いっしょに畑仕事をしたら、楽しいだろうな）

野菜を作るついでに、子供を作ったりして。などと、妄想が止まらない。

そもそも玲子は、同じ集落に住むご近所さんへの挨拶に、隆夫を訪ねてきたのである。男女の交流を望むようなことは、ひと言も口にしていない。

にもかかわらず、期待と妄想がふくらんでしまうのは、あの色気のせいだ。ジーンズを穿いていた下半身こそ、女らしいむっちりラインが際立って、目も心も惹きつけられた。けれど、それ以外に性的な魅力をアピールする部分などなかったはず。

なのに、色気が服を着ているように感じられたのは、やはり彼女に男を虜《とりこ》にする何かがあるとしか思えない。まさに魔性の女か。

離婚の原因は、旦那の浮気ではないかと隆夫は考えた。しかし、そうではない可能性がある。

（あの色気で毎晩求められたら、男はたまらないだろうな）

妻の肉体を飽くことなく責め苛み、精をたっぷりと搾り取られるのは必至だ。そのせいでからだが持たなくなり、仕方なく別れたのだとか。生活費を払い続けるのも、命は惜しいが未練があって、少しでも繋がっていたいからではないか。

そんなことを想像しつつ、畑の畝づくりに励む。気がつけば日が傾き、少し肌寒くなってきた。

（今夜は何を食べようかな……）

もっとも、選択肢は大してないのだ。買い置きのインスタントラーメンか、冷凍食品ぐらいである。

すると、車のエンジン音が聞こえてきた。

（え――？）

もしやと思って道のほうに顔を向ければ、覚えのある赤い軽自動車がのぼってくる。

（玲子さんだ！）

顔を見る前から、心臓がバクバクと高鳴る。

車はこのあいだと同じところに停まり、ドアが開く。現れたのは、もちろん麗しの美女であった。

今日は縦縞《たてじま》で丈の短いシャツに、白い七分丈パンツという清潔感溢れるスタイルだ。ボトムはこのあいだのジーンズ以上にぴっちりで、ヒップラインどころか下着も透けているのではないかと、いやらしい想像をしてしまう。

「こんにちは。精が出ますね」

朗らかな挨拶に、隆夫は狼狽《ろうばい》した。

「いいい、いいえ、精なんか出してません」

「え?」

「あ、いや、こっちの話ですっ!」

精を出すという言葉を別の意味に取り違えたのは、妙なことを考えてペニスがふくらみかけていたためだ。隆夫は鍬をからだの前に置き、柄の部分で股間が目立たないよう隠した。

幸いにも、玲子はその部分に注目することなく、話を切り出す。

「お忙しいところごめんなさい。実は、牧瀬さんにお願いがあって伺ったんですけど」

「はい、なんでしょうか」

「牧瀬さんは、薪を燃やしたことってありますか？」

「ええと、野外活動でなら、ひととおり体験しました」

「だったらわかるかしら。実は、ウチのお風呂は薪が燃料なんです。だけど、わたしは経験がなくて」

　隆夫とて、さすがに薪で風呂を沸かしたことはない。だが、要は燃やせばいいのだろう。

　何より、彼女の役に立ちたかった。

「そのぐらいなら、おれにもできると思います」

「本当ですか？　では、お仕事がお済みになってからでかまいませんので、あとでまた迎えに来ますね」

「いいえ、すぐに行きましょう」

「え、畑は？」

「ちょうど終わりにするところだったんです」

　隆夫は急ぎ足で畑を出ると、納屋に鍬を片付けた。農作業用のジャージを着ていたため、玲子に待ってもらって平服に着替える。

「お待たせしました。では出発しましょう」

「はい」

助手席に坐ってドアを閉めると、甘い香りに包まれる。車の芳香剤ではなく、バツイチ女性の成熟したかぐわしさに違いなかった。

おまけに、軽だから運転席との距離が近い。

「出しますよ」

玲子がシフトレバーを握る。隆夫の腰のすぐそばだから、またも妙な妄想に囚《とら》われてしまう。

（ああ、おれのシフトレバーも握ってほしい）

一速、二速と高まって、トップに入れられるなり爆発するに違いない。もちろんバックもオッケーだ。

などと、訳のわからないことを考えて、牡のシンボルをそそり立たせる。たまらず尻をくねらせると、高まりがシートベルトで圧迫され、快美に目がくらんだ。

「ごめんなさいね。小さな車だから狭くって」

玲子がハンドルを握りながら謝る。隆夫が狭いシートで居心地悪くしていると、勘違いしたらしい。

「い、いえ、そんなことはないです」

咳払いをして居住まいを正す。何をやっているのかと、不埒《ふらち》な考えを頭から追い払った。

車はいったん県道に出て、少し走ってから反対側の山へと入った。そちらの道は隆夫のほうよりも広く、古びているとは言えアスファルト舗装だった。

（そう言えば、玲子さんとこのお宅は、名主だったんだよな）

集落を治めていた長《おさ》の屋敷があるから、道も立派なのだろうか。

途中に畑があり、階段状に造成された田んぼもあった。これらもかつては名主のもので、集落の民に貸して米を作らせたのかもしれない。

「ひょっとして、このあたりの田畑や山は、大伯父さんのご先祖のものだったんですか？」

確認すると、「そう聞いています」と返答がある。思ったとおりだ。

「でも、農地改革でほとんど手放して、そのあとも農業の担い手がいなくなったから、売ってしまったそうです」

「じゃあ、今はお屋敷と山だけですか」

「その山も、家の周りだけです。資産価値なんてほとんどないんですよ」

隆夫が買った家も、宅地ですら固定資産税が年に数千円と聞いている。山林だとさらに安い。都心で同じ大きさの家を持ったら、固定資産税はとんでもない額になるだろう。

しかし、資産価値がないと言いながら、玲子が継いだ家屋敷は、宅地だけでも隆夫のところの倍以上はあった。

（うわ、すごいな）

車を降り、感服する。屋敷も彼女が言っていたとおり、かなり大きかった。屋根が三角形で、見あげるほどに高いのは、昔の茅葺《かやぶ》き屋根の名残だろう。それを金属板で覆い、リフォームしてあった。同じような屋根は田舎の地元や、観光地の神社仏閣でも目にした。

外壁の板も厚みがありそうで、古くても高級感があった。瓦で葺いた庇《ひさし》は比較的新しいようながら、梁《はり》も柱も太い。

（さすが、名主のお宅だな）

だいぶ近代的な修繕が入っているが、仮に昔のままだったら、文化財に指定されてもおかしくあるまい。

「立派なお屋敷ですね」

素直に感心すると、玲子が「ありがとうございます」と礼を述べる。

「大きなぶん、ひとりでいると寂しいんですよ」

その言葉に、隆夫はどぎまぎした。だから一緒にいてくださいと、誘われた気がしたからだ。

敷地には他に、瓦屋根で二階建ての納屋の他、土壁の蔵まであった。

「あの蔵の中には、お宝が眠ってるんですか？」

動揺を隠そうとして、つい下世話なことを訊いてしまう。

「いいえ。ほとんどものは大伯父が生前に処分したので、がらくたしか残っていないと聞いています」

「そうなんですか？」

そのわりに、入り口にはでかい南京錠がかかっている。まあ、ひとのいない集落だからと勝手に入り込む不埒な連中がいるから、中を荒らされないためにそうしているのだろう。

「実はわたし、蔵にはほとんど入ったことがないんですよ」

玲子が打ち明ける。

「え、どうしてですか？」

「子供の頃、大伯父が悪戯《いたずら》をした孫――わたしのハトコを閉じ込めたんです。彼は嫌だ嫌だってものすごく泣き喚《わめ》いて、だからあそこは怖いところだって刷り込まれたんです」

隆夫も昔、悪さをして物置に閉じ込められたことがあった。あの程度でも怖い思いをしたのに、見るからに堅牢《けんろう》な佇《たたず》まいの蔵に入れられたら、トラウマになること必至だ。古い人形があったり、ネズミでも出てきたりした日には、オシッコを漏らすかもしれない。

「では、こちらへどうぞ」

隆夫は玄関のほうへ招かれた。玲子の後ろを歩くとき、視線は自然とヒップへ向けられる。

（ああ、素敵だ）

ジーンズのとき以上に豊満で、いかにも弾力がありそうにぷりぷりとはずむのは、布が柔らかいためなのか。セクシー度も五割増しで、本当にむしゃぶりつきたくなった。

ただ、密かに予想したパンティラインが見当たらない。丸みも臀部《でんぶ》そのままのかたちを外に映し出しているようだ。

（まさか、ノーパン？）

いや、さすがにそれはあり得ない。だとすれば、Ｔバックの下着を穿いているのか。

隆夫は気になって、その後も彼女の後ろ姿を目にするたびに、実際はどうなのかと観察することになった。

屋敷は玄関の構えも立派で、引き戸も四枚が連なっている。セキュリティ会社のシールが戸口に貼《は》ってあるのは、蔵と同じで侵入者を警戒してなのだろう。

（ウチも戸締まりとか、ちゃんとしたほうがいいかな）

山の上にあるし、わざわざ来る者などいまいと踏んで、防犯対策などしていない。盗まれるようなものはないけれど、勝手に入られ、荒らされたら困る。

（セキュリティ会社に頼むほどじゃないとしても、戸締まりはしっかりしなくっちゃ）

あとは表札をきちんと出して、敷地に無断侵入禁止の立て札でも立てようかと、今後のことをあれこれ考える。

屋敷の中は、隆夫のところとそう変わりない造りであった。玄関を入るとおいえがあり、あとは座敷と食堂兼台所、他に納戸と客間がいくつかあるそうだ。

ただ、部屋の広さと、天井の高さが異なる。こっちが断然広いし、柱と梁は抱えるのが困難なほど太い。

(だから百年も持つんだな)

隆夫はなるほどと納得した。おいえにある神棚も、神社にあってもおかしくないぐらいに立派だ。

さらに、食堂には囲炉裏があったのである。

「すごいですね。囲炉裏のあるお宅なんて、初めて見ました」

そこは板の間だったが、今風のフローリングとは異なる。一枚一枚が幅広で長く、由緒あるお寺の廊下でしか見たことがないようなものだ。長く使われて黒光りしており、それがかえって高貴な趣を感じさせる。

囲炉裏のほうも、四角形に組まれた炉縁は幅があり、いい木が使われていそうだ。熱に耐えられるよう、かなり硬いものではないのか。

「わたしはまだ使ってないんです。炭は備長炭を買ってあるんですけど、どう熾せばいいのかわからなくて」

「じゃあ、それもあとでやってみましょう」

「でしたら、魚を焼きましょうか。冷凍ですけど、頂き物の鮎《あゆ》があるんです」

「ああ、いいですねえ」

隆夫はワクワクしていた。自分のところの火鉢もそうだが、古風な生活の遺物に惹かれる。やはり根が田舎者だからなのか。

（……いや、違うな）

古いから好きなのではない。火を扱うからなのだ。

たとえば焚《た》き火とか、キャンプファイヤー、バーベキューもそうだ。人間は燃えさかる火に目を輝かせ、暖を取り、何かを焼いて食べるという原始的な調理方法を好む。

これはDNAレベルで植えつけられた、黎明期の人類の記憶が作用しているのではないか。それを家の中で楽しめるというのは、最高の贅沢である。

とりあえずは風呂焚きの準備だなと、玲子に案内してもらった。

風呂場は台所の脇、屋敷の奥側にあった。そこは土間になっており、やはり薪をくべるかまどがしつらえてある。上に何段も重なった蒸籠《せいろ》が載っていた。

（こんなのがまだあるのか……）

昔の暮らしを伝える、白黒の古い映像で目にしたのと同じ眺めに、隆夫は感動を覚えた。祖父母の家にも、さすがにこれはなかった。

今はさすがに使用していない様子ながら、灰も埃《ほこり》もなく、いつでもまた使えそうである。おそらく大伯父の子供や、玲子が掃除したのだろう。

「わたしが子供の頃、このかまどで餅米を蒸して、家族総出でお餅を搗いていたんですよ」

玲子が教えてくれる。家には臼《うす》と杵《きね》もあったが、臼は大人が二、三人がかりで運ぶような大きなもので、杵もかなり重かったという。みんな高齢になって使えなくなり、温泉街のほうにある民俗資料館に寄贈したそうだ。

（資料館に展示できるほど、立派なものだったんだな）

さすが名主の屋敷だと、改めて感心する。このかまども大きなものだし、資料館や博物館にあってもおかしくない。

風呂の焚き口は、かまどの向かい側にあった。土間とは言え、いちおう屋敷の中だから、隆夫は驚いた。

（え、家の中で燃やすのか？）

祖父母の家にも、薪を使う古い風呂釜《がま》が残っていた。すでに使われていなかったが、それは焚き口が外にあったのだ。いくら庇の下でも、雨や雪の日は大変だろうと子供ながらに思った。

まあ、ここは広いし、そもそもかまどだってあるからかまわないのか。左右を煉瓦《れんが》で囲われており、防火対策もしっかりしているようだ。

「お風呂も見せていただいていいですか？」

「ええ、どうぞ」

イメージとして、檜《ひのき》製の大きな風呂で、壁も板ではないかと思った。けれど、浴槽はサイズこそ大きめながら、昔風の細かなタイルが貼られたものだった。浴槽木の板が用いられているのは天井と、壁の上半分だ。他は床も含めて、浴槽よより新しめのタイルである。何度か改装されているらしい。浴槽の蓋は数枚の板で、脇に重ねて置いてあった。

そして、古いところも綺麗になっているのは、他の場所と同じであった。タイルの白い目地は一部が変色していたが、カビは見当たらない。

「いいお風呂ですね」

隆夫が感心して告げると、玲子が「ありがとうございます」と礼を述べる。

「昔、ここに泊まったときに入ったんですけど、広くてけっこう気持ちよかったんですよね」

「ああ、そんな感じですね」

「イトコやハトコといっしょだったから、それも楽しかったんです。沸かしたら、牧瀬さんもいっしょに入りますか?」

「ええ、是非——え、いっしょに?」

返事をしてから気がつき、うろたえる。すると、彼女がクスッと笑った。

「冗談ですよ」

言われて、そうだよなと安堵しつつ、残念がる気持ちもあった。

(冗談か……本気のほうがよかったのに)

もちろん、そんなことは口に出せない。

土間には裏口があり、外に出られるようになっていた。けれど履き物がなかったので、いったん玄関にまわる。

「薪はこっちにあるんです」

案内されたのは、納屋の脇にこしらえられた狭い小屋だ。そこには冬を何回も越せそうな量の薪が積まれていた。他に、焚きつけに使う杉葉を束ねたものや、藁もある。

「納屋のほうには、まだ割っていない太い薪もあるんですよ」

「じゃあ、それも時間があったら割っておいたほうがいいですね。そのときは手伝いますよ」

「ええ、助かります。本当に、牧瀬さんがいてくださってよかったわ」

玲子が安堵の面差しを見せる。美人に頼られるのが嬉しくて、隆夫は頬がゆるゆるだった。

薪と杉葉を運び、風呂を焚く準備をする。その間に、玲子が浴槽に水を張った。こちらの屋敷も、山の水を使っているとのことだ。

水が溜まるまでのあいだ、隆夫はかまどが使えるか確認した。囲炉裏に使う炭を、そこで熾そうと考えたのである。

（うん、大丈夫だな）

焚き口がふたつ並んだかまどの中は、灰も掃除してあった。綺麗になっているぶん、再び火が点けられるのを待ち構えているかに映る。

「かまどを使っていいですか？」

訊ねると、玲子が「ええ、かまいません」と答える。先にそこで火焚きの実演をすることにした。

まずは蒸籠に水を入れ、上の穴にはめる。かまどには煙突もついていたが、上が空きっぱなしでは煙が家の中に充満してしまうからだ。

「乾燥した杉葉はよく燃えるので、焚きつけに最適なんです。なければ藁や、新聞紙でもいいんですけど、杉葉のほうが断然いいので、拾って集めておくといいですよ」

「ええ、そうします」

「それを先に下に置いて、上のほうに木くずや細い枝などの、燃えやすいものを載せます。杉葉の枝なんかも使えますね」

隆夫は説明しながら、焚き口に杉葉と枝を入れた。着火には、徳用の大きなマッチ箱があったので、それを使う。

「火は下から上に燃えるので、杉葉の下側に火を点けます」

マッチを擦り、杉葉に火を移すと、すぐにパチパチと音を立てて燃えだした。

「まあ、本当によく燃えるんですね」

玲子が感心する。あなたのからだにも火を点けたいと、隆夫がつい品のないことを考えてしまったのは、すぐそばにいる彼女との距離が近かったためだ。

それこそ、車の中で嗅いだ甘い香りが感じられるほどに。

上に載せた枝も燃えだしたのを確認してから、隆夫は運んできた薪の中から細めのものを選び、重ねて置いた。斜めにして、あいだにすき間ができるように。

「火が大きくなれば、薪をどんなふうに置いてもだいたい燃えるんですけど、最初は空気が通りやすいように、すき間をこしらえるんです」

「なるほど。あ、そうだわ」

玲子がかまどの脇にあった木箱から、何やら取り出す。それは五、六十センチほどの、細い竹の棒であった。見ると、片側のフシのところに穴が空いている。

「これ、大伯母が火を焚くときに、フーッて吹いてたんです」

「ああ、火吹き棒ですね」

おそらく手作りであろうそれは、長く使われていたらしく茶色っぽくなり、側面がツヤツヤと光っていた。

「火の燃え具合が足りないときは、これで空気を送ればいいんです。まあ、今は必要ないみたいですけど」

「そうですね。よく燃えてます」

「それから、この下側に小さな扉がありますよね」

焚き口のすぐ下に、鉄製の蓋で閉じられた横長の穴があった。

「灰を掻《か》き出すところなんですけど、ここの開き具合でも火の燃え方が異なります。空気の出入りがあれば、よく燃えるわけですから」

「なるほど、そうなんですね」

「ただ、開けっぱなしだと熱が逃げるから、煮炊きにはよくないとも聞きました。実際にどうなのか、おれはそこまではわかりませんけど」

「じゃあ、あれこれ試してみればいいんですね」

美女の表情が輝いている。火を焚くことの面白さに目覚めたのか。

「じゃあ、吉崎さんは風呂釜のほうでやってみてください。あ、もう水は溜まりましたか？」

「ええと、見てきますね」

浴槽に水が溜まったのを確認してから、玲子が火焚きに挑戦する。風呂釜の前にしゃがんだ彼女を後ろに立って見守りながら、隆夫の目はどうかすると、成熟した下半身に向けられた。

（ああ、おしりがパンパンじゃないか）

しゃがんだことで丸みがいっそう際立ち、かなりの迫力だ。そして、火を点けるため前屈みになったことで、シャツの裾《すそ》が持ち上がる。

（あ——）

隆夫は目を瞠《みは》った。白いパンツは穿き込みが浅いようで、背中の下側の肌が覗いたのである。

おまけに、パンツのウエスト部分から、別の白い布がはみ出していた。光沢のあるそれは、紛れもなくパンティである。

（やっぱりノーパンじゃなかったんだな）

表にラインが浮かんでいないから、やはりTバックのようだ。

ただでさえ色っぽいのに、そんなエッチな下着を穿くなんて。アウターを剝《は》ぎ取り、剝《む》き身の臀部を拝みたくなる。

欲望に駆られていたおかげで、隆夫は何もアドバイスができなかった。まあ、玲子は難なく火を点けられたから、その必要はなかったのであるが。

「あ、薪も燃えてます。これなら大丈夫みたいですよ」

赤々と輝く炎に、バツイチ美女が嬉しそうに声をはずませる。

（ああ、玲子さんと燃えるような恋ができたらなあ）

そして、燃えるような夜を過ごすのだ。燃えあがって燃え尽きて、身も心も灰になるまで。

妄想がエスカレートし、それまで半勃ちをキープしていたペニスが、ここに至って完全勃起する。隆夫は彼女に悟られぬよう、硬くなったモノを目立たない位置にずらさねばならなかった。

3

かまどの火に炭をくべて熾し、それを囲炉裏に運ぶ。赤々と熾《お》きれば、あとは炭を足すだけでオッケーだ。

「なるほど、こうすればいいんですね」

感心してうなずいた玲子が、ふと首をかしげる。

「ここで直接、炭に火を点けるのは無理なんですか。杉葉とか使って」

「可能だと思いますけど、煙がかなり出るでしょうね」

「あ、そうですね」

「まあ、ここは天井が高いので、あまり影響がないかもしれませんが」

台所と食堂の天井は、二階部分がないため屋根に近い高さがある。柱も梁も壁も、すべて黒くなっているのは煤《すす》ではなく、もともとそういう色に塗られているようだ。

そんな高い天井から、囲炉裏の上に鍋を吊《つ》るす鉤《かぎ》が下がっていた。

「でも、炭火って温かいんですね」

玲子が囲炉裏に手をかざし、実感を込めて言う。

「まさに遠赤外線ですからね。しかもヒーターとかじゃなくて、自然のものですから」

「からだにも良さそうですね。あ、そう言えば、おいえには掘り炬燵があるんですよ」

「え、そうなんですか？」

「今は畳を敷いてますけど、そこだけ畳をどかして、床板も開けられるようになってるんです。ただ、わたしも小さいときに二、三回入っただけで、そのあとは普通に電気ごたつを使ってました」

おそらく、いちいち炭を熾すのが手間だったのだろう。

「寒くなったら、使ってみてもいいかもしれませんね」

「そうですね。あー、楽しみだわ」

あどけなさの感じられるニコニコ笑顔に、隆夫の胸もはずんだ。是非とも彼女とふたりで、掘り炬燵にあたりたくなる。

足が触れ、恥じらいつつも別のところを触れあわせる。なんてうれし恥ずかし場面が浮かび、身悶えしたくなった。

とは言え、仮に実践できるとしても、冬はまだまだ先だ。

その場は妄想だけで終わり、風呂が沸くまでのあいだ、ふたりで夕食の準備をする。お礼をしたいし、是非食べていってほしいと、玲子に引き留められたのである。

(これは本当に、いっしょに風呂に入ることになるのかも)

いや、さすがにそれはないかとかぶりを振る。会うのはまだ二回目で、初めて屋敷に招かれたのである。初手から高望みをするべきではない。

もっとも、美咲とは会ったその日に交わったのだ。だから玲子とも、簡単に結ばれる気がするのだろうか。

「これ、使ってみたかったんです」

玲子が流し台の下から取り出したのは、鉄の黒い鍋であった。底が丸くなっており、アーチ状に渡された細い取っ手も鉄製だ。

「ああ、囲炉裏で使う鍋ですね」

天井から下がる鉤に、取っ手を引っ掛けるのだ。木の落とし蓋もついている。

彼女が煮物の野菜を切る横で、隆夫は鮎に竹串《たけぐし》を刺した。いかにも手作りっぽく、長くて太さもある串を、炭火まわりの灰に突き立てるのである。

　串はかなりの数があったから、この家に住んでいた者が、竹を切ってこしらえたのではないか。県道沿いの川で魚を釣り、これを使って囲炉裏で焼いたのかもしれない。

　煮物はガス台でしばらく煮込まれてから、囲炉裏のほうへ運ばれた。

　具は大根とニンジン、シイタケと焼き豆腐、それからタケノコとシンプルである。味つけも醤油とみりん、砂糖ぐらいしか使っていなかった。それだけに、素材の味がしっかり味わえそうだ。

　鍋をかけた脇に、塩を振った鮎の串を斜めに刺す。炭火のほうに傾けると、早くも皮が焼けるいい匂いがしてきた。

「あ、ちょっと風呂の火を見てきます」

　隆夫が風呂釜に薪を足してから戻ると、玲子が酒の準備をしていた。

「これ、頂き物なんですけど」

　それは一升瓶の純米酒だった。ラベルが手書き風で、いかにも高級そうだ。

　盃もぐい呑みもないとのことで、飲むのに使うのは湯飲み茶碗。囲炉裏で飲むのには、このぐらい荒々しいほうが、いっそ相応しい。

「あ、そうそう。敷く物がいりますね」

さすがに板の間では、直に坐ったら脚が痛む。玲子が食堂の隣にある納戸に入り、座布団を持ってきた。

それは普通の座布団を二枚繋げたものより、まだ幅と長さがあった。昼寝とかに使う、小さめの敷き蒲団ではないか。

しかも、一枚しかなかった。

「さ、いらしてください」

囲炉裏の一辺と平行に置いたそこに、玲子が先に正座して手招きをする。つまり、ふたりが隣同士で並ぶということだ。

（いいのかな？）

わずかなためらいも、美女とお近づきになれる嬉しさで打ち消される。隆夫はいそいそと隣に胡座《あぐら》をかいた。

「じゃあ、これを」

湯呑みを受け取ると、玲子が一升瓶から直に酒を注《つ》いでくれた。さらに、もうひとつの湯呑みも満たすと、それを持って隆夫のほうに差し出す。

「それじゃ、お疲れ様でした。乾杯」

「あ――か、乾杯」

隆夫はどぎまぎしながら彼女と湯呑みを合わせ、純米酒をひと口飲んだ。

（ああ、これも旨《うま》い）

自分の家に置いてある日本酒も純米で、かなり気に入っていた。これはそれ以上かもしれない。

玲子も湯呑みに口をつけると、「ふぅ」と満足げに息をついた。

「美味しいわ」

早くも火照ったのか、片手で頬をおさえるしぐさが色っぽい。

「いいお酒ですね」

隆夫が賛同すると、彼女は「ええ」とうなずいた。

「わたし、普段日本酒はほとんど飲まないんですけど、これはすごく気に入ってるんです」

そう言って、またひと口飲む。日本酒でない酒はけっこう飲んでいるのか、いけるクチのようである。

とは言え、酒ばかり飲んでいたら悪酔いする。

「煮物のほう、もうできてるんですか？」

「あ、そうですね」

玲子が落とし蓋を取ると、湯気がふわっとあがる。いかにも田舎料理ふうの、懐かしい匂いがした。

「こっちも美味しそうですね」

言うなり、腹がぐうと鳴る。早く食べたくてたまらない。

彼女が菜箸を使い、煮物をお皿にとるあいだ、隆夫は鮎の向きを変えた。炭火だけあって、かなりいい具合に焼けているようだ。

「はい、どうぞ。熱いので気をつけてください」

「ありがとうございます」

煮物の皿を受け取り、隆夫はさっそく箸をつけた。まずは山の幸、タケノコから。

シャリッ――。

心地よい歯ごたえに続き、独特の香味が口に広がる。わずかな青くささが醤油の風味とマッチして、シンプルながら飽きのこない味だ。

「とても美味しいです」

「よかった。たくさん食べてくださいね」

他の具材、ニンジンや大根も口に入れる。長く煮込んだわけではないから、味は中心まで染みていない。それゆえに、素の味も楽しめる。

（野菜って、こんなに旨いのか）

味もそうだが、独身ゆえ自炊しても野菜が不足しがちだから、その点でも嬉しい。お酒も進む。

（あれ――？）

何か大事なことを忘れて、いや、見落としている気がして首をかしげる。はてなと思って隣を見れば、玲子が両手で湯呑みを持ち、美味しそうに目を細めていた。早くも酔ったのか、目許がトロンとしている。

（色っぽいな……）

胸が高鳴り、からだが熱くなる。しかし、そんな場合ではないのだと、ようやく気がついた。

（って、おれはどうやって帰るんだ？）

夕飯をご馳走になり、あわよくば風呂も使わせてもらったら、帰るつもりでいたのである。だが、玲子は酒を飲んだから運転できない。送ってもらうのは不可能だ。

歩いて帰れないわけではない。普段、こっちへ来るときにはバスに乗り、県道から家まで徒歩なのだ。玲子の家もだいたい同じ高さにあるから、同じ距離をくだって上がるだけのこと。

そうするしかないなと思いつつ、べつの期待も頭をもたげる。

（玲子さん、おれをここに泊めるつもりなんじゃ――）

だから一緒に飲むことにしたのだとか。それに、飲んだから送れないとなれば、引き留めやすくなる。たとえ歩ける距離でも、夜の山道は街灯もなく、危ないからと。

大きな屋敷で部屋もあるから、泊めるのに支障はないのだろう。蒲団もありそうだし、さすがに同じ部屋で同衾とはなるまい。

それでも、ひとつ屋根の下で美女と過ごせるのだ。ふたりの距離がいっそう縮まるのは間違いない。

焦ることなく、彼女との関係を育んでいこう。などと、好きだと告白されたわけでもないのに、すっかり恋人気取りの隆夫であった。

そのとき、玲子がこちらを見る。思わせぶりな眼差しに、ひょっとして考えていることを悟られたのかと、隆夫は大いに焦った。

「……どんな感じかしら?」

「え、な、何がですか?」

「お魚」

「いや、べつにお盛んでは──あっ」

勘違いに気がつき、炭火で焼いていた鮎を確認する。

「焼けてるみたいです」

「だったらちょうだい」

やけにアンニュイな声音にドキドキしつつ、串を一本抜いて渡す。彼女は息を吹きかけて冷まし、胴の部分にがぶりと齧《かじ》りついた。

「うん。美味しい」

満足そうに目を細めたものだから、隆夫も食べたくなった。

「じゃあ、おれもいただきます」

「どうぞどうぞ」

お笑い芸人みたいな口調で勧められ、焼きたての鮎をいただく。同じように腹からかぶりつくと、肉の甘みと塩気、それからはらわたの苦みが同時に広がった。

(ああ、最高だ)

冷凍ながら天然物ということで、味が濃厚だ。おそらく、酒との相性も抜群だろう。

見れば、玲子は鮎の串と湯呑みを両手で持って、食べては飲みを実践している。隆夫も彼女に倣い、両方を代わる代わる味わった。

「美味しいですね」

玲子が笑顔を見せる。隆夫も「ええ」とうなずき、頰を緩めた。

煮物と鮎を肴に、純米酒をいただく。ふたりとも、二杯以上飲んでいた。

「ごめんなさい。ちょっとお手洗いに」

玲子が中座したのは、飲みすぎたからなのか。

彼女は立ちあがるとき、少しだけフラついた。途中から脚を崩していたものの、坐りっぱなしで痺《しび》れたのかもしれない。

（大丈夫かな？）

気になったものの、さすがにトイレまではついていけない。レディが用を足すところを窺うなんて失礼だ。

幸いにも、玲子はちゃんと戻ってきた。足取りもしっかりしていたから、さっきフラついたのは痺れのせいだったようだ。

ところが、彼女は隣に腰をおろすなり、隆夫にしなだれかかってきたのである。

（え!?）

咄嗟に柔らかなボディを受け止めたものの、どうすればいいのかとパニックに陥る。すると、

「……わたし、酔っちゃったみたい」

玲子がつぶやくように言う。さらに、甘えるみたいにしがみついてきた。

これは蒲団の中で美咲に密着されたときと同じではないか。つまり、彼女もスキンシップを求めているのか。

しかし、勝手な解釈で手を出し、そんなつもりじゃなかったと拒まれる可能性もある。自制心のない男だと蔑《さげす》まれたら、今後のお付き合いは望めない。

酔ってからだが火照ったのか、美女のかぐわしさが濃厚に香る。これでは理性を保持するのが困難だ。

「飲みすぎたんですね」

喉の渇きを覚えつつ、どうにか言葉を絞り出すと、

「だって、美味しかったんですもの」

猫が遊んでとせがむみたいに、玲子が額を擦りつけてくる。

「そりゃまあ、お酒も煮物も美味しいですけど。あと鮎も」

「そうじゃなくて」

「え?」

「男のひとと飲むのなんて、久しぶりだから」

久しぶりとはつまり、夫と別れて以来なのか。

どうやら酒や肴にではなく、屋敷の中で男とふたりという状況に酔ったらしい。囲炉裏のそばであることも、情感を高めたと考えられる。それこそ炭が熾るように、内なる欲望が目覚めたのではないか。

これは親密になるチャンスだとわかりつつ、隆夫は手を出しあぐねていた。女性に慣れているとは言い難かったし、度胸もなかったのである。

すると、彼女が上目づかいで見つめてくる。

「女に恥をかかせないで」

色気たっぷりの美女にそんなことを言われて、何もしない男などいるものか。隆夫は一気に発情モードに突入した。

「吉崎さん……」

名前を呼び、熟れたボディを抱きすくめる。蠱惑《こわく》的な唇が間近にあり、矢も楯《たて》もたまらずくちづけようとしたのであるが、寸前で玲子が顔を背けた。

「ダメッ」

拒まれて正気に返る。求められているように見えたのは、やはり思い過ごしだったのか。何を調子に乗っていたのかと、隆夫は居たたまれなくなった。

ところが、そうではなかった。

「いっぱい飲んじゃったから……わたしの口、お酒くさいわよ」

キスをされたくないのは、口臭を気にしてなのだ。

たしかに彼女の息には、アルコールのかぐわしさが含まれていた。けれど、少しも不快ではない。むしろ飾らないところが好ましい。

酒くさいのはお互い様だと、隆夫は強引に唇を奪った。

「む――」

その瞬間は身を強ばらせ、唇を固く結んだ玲子であったが、優しく吸ってあげるとからだから力が抜ける。

「ンふぅ……」

唇も柔らかくほどけ、芳醇な吐息を直に与えられた。

一度触れあったことで、ためらいもなくなったよう。彼女は舌を差し出し、隆夫の口内をまさぐった。トロリとして甘い唾液を連れて。

(ああ、美味しい)

蕩《とろ》けるようなくちづけに、全身が熱くなる。隆夫も舌を戯れさせながら、着衣の女体をまさぐった。

まずは、ずっと触れたくてたまらなかった、たわわなヒップを。

思ったとおり、白いパンツは布地が柔らかだ。おかげで、中の弾力をそのまま手指に伝えてくれる。

(モチモチのぷりぷりじゃないか)

擬態語だらけの感想を胸に抱き、布越しに尻肉を揉みしだく。ナマで触れたら肌がすべすべなのだろうし、そうなったら夢中になりすぎて、手が離せなくなりそうだ。

「んうぅ」

玲子が咎めるように呻き、舌を強く吸う。それでもかまわず尻揉みを続けていると、唇がはずされた。

「もう、そんなにおしりが好きなの?」

目許を赤らめた美女に睨まれ、隆夫はようやく愛撫の手を止めた。

「あ、いや、吉崎さんのおしりが素敵だから」

「ただ大きいだけよ」

丸っきり価値がないように言ったものだから、隆夫はムキになった。

「そんなことないです。大きいのも確かに魅力的ですけど、かたちが良くて、柔らかくてぷりぷりで、ものすごくセクシーです」

反論に、玲子が気圧《けお》されたふうに目を丸くする。それから、納得した面持ちでうなずいた。

「そっか。だから牧瀬さん、わたしのおしりをずっと見てたのね」

隆夫は狼狽した。事あるごとに、その部分に視線が向いたのは事実ながら、気づかれないよう注意したはずなのに。

「い、いや、あの」

「わたし、男性の視線には敏感なの。後ろに目がなくても、ちゃんとわかるんだからね」

そこまできっぱり言うのだから、事実なのだろう。隆夫は観念し、「すみません」と謝った。

「あの、でも、本当に魅力的だから、つい見ちゃったんです」

「わかったわよ。そんなに気に入ってもらえたのなら、わたしも悪い気はしないわ。でも、ちゃんと落とし前はつけてね」

物騒な言いぐさに面喰らう。

「え、落とし前?」

「今度はわたしが見せてもらう番よ」

男の尻なんか見ても面白くないだろうに。疑問を覚えたものの、そういうことではなかった。

玲子が身を剝がし、「ここに寝て」と命じる。隆夫は長座布団に横たわった。

(ていうか、玲子さん、言葉遣いが変わってないか?)

ずっと丁寧な話し方だったのに、ここに来てタメ口というか、いっそ下に見ている感じすらある。こっちが年上だと、わかっているはずなのに。

だからと言って、そういう口の利き方が不愉快なのではない。年下でも色っぽい美女に命令されるのは、何をさせられるのだろうと期待がふくらみ、むしろゾクゾクする。

それに、淫靡な展開が待ち受けているのは、ほぼ間違いないのだから。

仰向けになるなり、隆夫は頰を火照らせた。すでに勃起していたものだから、股間の隆起がかなり目立ってしまったのだ。

当然ながら、玲子もそれを目撃するわけである。

「ふふ、元気ね」

含み笑いで目を細められ、羞恥《しゅうち》が募る。

彼女はそこに触れることなく、機械的にズボンの前を開いた。内部の形状をあからさまにしたテントがあらわになると、口許《くちもと》をほころばせる。

「それじゃ、元気なオチンチンを見せてもらうわよ」

その言葉で、隆夫は勘違いに気がついた。

(見るのって、そっちかよ!?)

だいたい、尻を見るつもりなら四つん這《ば》いにさせるだろう。

それはともかく、ペニスを見るだけで終わるはずがない。いよいよめくるめくひとときの入り口に立ったようだ。

「おしりを上げて」

期待が高まり、指示にも素直に従う。ズボンとブリーフをまとめて脱がされようとしても、隆夫は抵抗しなかった。

ぶるん——。

ゴムに引っかかった肉根が反り返り、下腹を打つ。遮るものがなくなり、亀頭がいっそう赤く膨張した。

脱がせたものを、靴下と一緒に爪先《つまさき》から抜き取ると、玲子は年上の男の脚を開かせた。そのあいだに膝を進め、そそり立つものの真上に屈み込む。

「わたしのおしりをさわって昂奮したの？　いやらしいひとね」

なじるように言うなり、張り詰めた粘膜に温かな息がかかった。そこまで接近していたのである。

（あ、まずい）

隆夫は思い出した。ここへ来る前に、畑で作業していたことを。

いちおう着替えたけれど、下着はそのままだ。それに、ここへ来てからも火を焚くなどして、けっこう汗をかいた。

よって、股間はかなり蒸れているはずなのである。

玲子が小鼻をふくらませ、悩ましげに眉根を寄せる。牡のあからさまな匂いを嗅いでいるのだ。

「男の匂いだわ……」

うっとりしたつぶやきに、隆夫は焦った。

「ちょ、ちょっと待って」

行為を中断すべく、隆夫は尻をずらして逃げようとした。それよりも早く、しなやかな指が屹立を握り込む。

「むはッ」

喘ぎの固まりが喉から飛び出る。隆夫の腰が、ガクガクと上下にはずんだ。柔らかくて、しっとりした手指に包まれるのが、それほど快かったのである。

「すごいわ。カチカチ」

握り手に強弱がつけられる。猛る分身がベタついているのが、触れられる感じでわかった。

「牧瀬さん、三十九歳でしょ。別れたダンナより年上なのに、オチンチンの硬さはずっと上だわ」

「よ、吉崎さん……」

「玲子って呼んで」

言うなり、彼女が顔を伏せる。ふくらみきった亀頭が、温かな潤みにすっぽりと入り込んだ。

「あ、駄目」

腰をよじってもすでに遅い。舌をピチャピチャと躍らされ、強烈な快美感が体幹を駆け抜けた。

「ああっ、あ、ううううう」

目のくらむ悦びに声をあげ、からだを波打たせる。その一方で、隆夫は罪悪感も引きずっていた。

（そこ、汚れてるのに……）

もしかしたら、これは罰なのであろうか。若い娘の脱ぎたてパンティをこっそりと嗅ぎ、劣情を沸き立たせたことに対しての。まさに因果応報か。

玲子はそれこそ汚れを舐め落とすかのごとく、丹念にねぶる。匂いの強いくびれ部分は、特に念入りな舌掃除を施した。さらに筒肉を深く呑み込み、頭を上下させて唇で磨く。

（うう、まずい）

早くも頂上が迫り、息づかいがハッハッと荒ぶる。彼女との交歓をずっと妄想していたし、長らく昂奮状態にあったためかもしれない。

牡器官が大きく脈打ったことで、玲子もイキそうだと察したらしい。口をはずし、唾液に濡れたものの根元を強く握った。

「美味しいわ、牧瀬さんのオチンチン」

　さっき、純米酒を飲んだときと同じ、満足そうな口振り。顔つきも酔ったふうで、目がトロンとしていた。

（嫌じゃなかったのか？）

　洗っていないペニスがどんな味なのかなんて、隆夫にわかるはずがない。しかし、少なくとも美味しいと評されるものでないのは明らかだ。

　おそらくそれは、味蕾《みらい》への好ましい刺激ではあるまい。美咲のパンティを浅ましく嗅ぎ回ったのと同じで、異性の匂いや味に惹かれるよう、生物としての本能に刻みつけられているのではないか。

（だったら、おれも玲子さんのを――）

　もちろん、ナマの匂いを嗅ぎたいなんて、ストレートに頼めるわけがない。拒まれるに決まっているからだ。

　よって、こちらの意図を悟られないよう求めねばならない。

「おれ、玲子さんのおしりがもっと見たい」

　頭をもたげて望みを口にすると、彼女は驚いたように目を丸くした。続いて、淫蕩《いんとう》な笑みを浮かべる。

「素直な子ね」

完全に目下扱いながら、少しも腹は立たない。これから最高のひとときが待ち受けているのだから。

玲子は強ばりから手をはずすと、ボトムに手をかけた。白いパンツを焦《じ》らすようにゆっくりと、たわわなヒップから剝き下ろす。

あるいはナマ身の熟れ尻を見せてくれるのかと思えば、パンティは脱がなかった。秘め園を晒すことに抵抗があったのか。

彼女が逆向きで胸を跨《また》いでくれる。推測は間違っていなかった。やはり穿いていたのはTバックだ。

（ああ……）

胸に感動が満ちる。もっちりしたふたつの丸みが、重たげにはずんで目の前にあるのだ。その距離は、顔から三十センチと離れていなかったろう。

「ほら、どう?」

得意げな問いかけに答える余裕もなく、求めていた最高の尻を見つめる。双丘の狭間《はざま》、深い谷底には、白い細布が埋まっていた。

それは縁のループ状の装飾が、一部黄色っぽくなっている。尻ミゾにずっと喰い込んでいたから、汗を吸ったのだろう。

アヌスのところは色素の沈着した肌ばかりか、放射状のシワの端っこも覗く。内部の縦ジワを浮かせたクロッチには、明らかな濡れジミもあった。

（玲子さんも昂奮してたんだ）

蒸れた媚香がこぼれ落ちてくる。ヨーグルトに大豆の発酵食品がまぶされたみたいな、いささかケモノっぽいパフュームだ。その生々しさゆえに、昂奮もうなぎ登りとなる。

「それじゃ、わたしのおしりを見ながら気持ちよくなりなさい」

肉根が再び握られ、しごかれる。四つん這いの彼女は片手で上半身を支えていたから、いささかぎこちない手淫奉仕だ。

快さに漂う隆夫は、極上ヒップを見るだけで終わらせるつもりはなかった。密着したいし、淫靡な香りを直に堪能《たんのう》したかった。

玲子は油断している。今ならそれができるのだ。

そんなことをしたら彼女に嫌われるのではないかと、ためらう気持ちは微塵《みじん》もなかった。欲望が募り、後先考える余裕をなくしていたのである。

隆夫は熟れ腰を両手で摑むと、自らのほうに引き寄せた。

「キャッ」

悲鳴をあげた彼女は、反射的に踏ん張ろうとしたらしかった。ところが不安定な姿勢でいたために、あっ気なく崩れ落ちてしまう。

「むううう」

柔らかな重みが顔に落下し、隆夫は呻いた。次の瞬間、濃密になった女くささが鼻奥にまで流れ込み、軽いトランス状態に陥る。

（ああ、すごい）

美咲のパンティに染み込んでいた以上に、男心を揺さぶる乳酪臭。ぷりぷりの豊臀と密着したことで、昂りがいっそう煽られた。

そのため、鼻息が荒くなる。

「ば、バカ。何してるのよっ!?」

暴れる熟れ腰を、隆夫はがっちり固定して離さなかった。尻割れに鼻面を埋め、類《たぐ》い稀《まれ》な肉感と、かぐわしい恥臭をぞんぶんに味わう。

「もう……く、くさくないの？」

自身の陰部がどんな匂いをさせているのか、玲子もわかっているのだ。それでも、隆夫が自ら求めたことで、諦めた様子である。

そもそも、彼女だって蒸れた牡臭を心から愉しんだのだ。他人の行動を非難できる立場ではない。

「まったく、こんなにギンギンにしちゃって」

勢いを増した陽根をしごき、しゃぶりつく。ちゅぱちゅぱと音を立てて吸いねぶった。

ならばと、隆夫もお返しをする。細いクロッチを横にずらし、肉厚の花びらがはみ出した女芯に口をつけた。

「むふッ」

玲子のこぼした鼻息が、陰嚢に吹きかかる。ほんのり塩気のある恥割れ内をねぶると、ふっくら臀部がビクッとわなないた。

（ああ、美味しい）

美女の蜜汁は芳醇で、純米酒以上に酔ってしまいそうだ。肴は煮物や鮎よりも、同じかぐわしさのチーズや、レーズンバターが合うのではないか。

などと、本人が聞いたら『ヘンタイね』とあきれそうなことを考えつつ、舌を躍らせる。自身が味わうばかりでなく、彼女に感じてもらうよう、敏感な花の芽を探した。

「むっ、う——むふふぅ」

ペニスを頬張ったまま、玲子が喘ぐ。尻の谷が咎めるようにすぼまった。

（あれ？）

クンニリングスの最中に、何かが足りないことに隆夫は気がついた。何だろうと、クロッチをさらに大きくずらしてようやく理解する。

そこにあるはずの毛が、一本もなかったのである。

近頃は、ＶＩＯラインの毛を処理する女性が増えていると、ネットの記事で読んだことがあった。玲子もそのひとりなのか。

あるいは自分で剃《そ》ったのかとも考えたが、毛穴も、生えかけのポツポツも見当たらない。どうやら専門のクリニックで処理したらしい。

実際、尻ミゾに埋まったＴバックの細身を引き出せば、肛門まわりも綺麗だったのである。

童貞を捧げた女教師はけっこう毛深く、短めのものが後ろの穴を囲うように生えていたのを隆夫は思い出した。彼女とはシックスナインもしたけれど、生々しい眺めゆえに、そちらに手を出そうとは考えもしなかった。

けれど、今は違う。年齢が上がってから異性に恵まれ、女体への興味が若い頃よりも増したためもあったろう。

（ああ、可愛い）

谷底のツボミは可憐で、排泄口《はいせつ》であるとわかっていても胸がときめく。ある意味性器以上に暴かれたくないプライベートゾーンゆえ、背徳的な情動が高まるのであろうか。

秘核を狙《ねら》って舌を律動させると、そこがキュッとすぼまるのも愛らしい。こっちも舐めてと、誘っているかに見えた。

隆夫は期待を胸に、秘肛にこっそり鼻を近づけた。しかし、熟成された汗の匂いがしただけで、残念ながら恥ずかしい香気は感じられなかった。

だったら、味はどうだろう。恥芯をねぶっていた舌を、隆夫は秘め穴へと移動させた。

チロッ――。

軽く舐めただけで、艶腰がガクンとはずむ。次の瞬間、いきなり視界が開けたものだから、隆夫は戸惑った。

（あれ？）

訳がわからぬまま頭をもたげると、玲子が脇にぺたんと坐っている。肩で息をしながら、涙目で睨みつけてきた。

「ど、どこ舐めてるのよっ！」

眉を吊り上げて咎められても、どうして怒っているのかさっぱりわからない。いけないことをしたなんて気持ちは、これっぽっちもなかったのである。

そのため、隆夫はきょとんとして彼女を見つめるばかりだった。

反応がなかったものだから、玲子も拍子抜けしたらしい。眉をひそめつつ、やれやれというふうに肩を落とした。

「まったく……汚れたアソコだけじゃなくて、おしりの穴まで舐めるなんて。病気になっても知らないから」

なじられて、そのせいだったのかとようやくわかった。けれど反省はしない。

（もっと舐めたかったのに）

と、不満を募らせただけであった。

「ヘンなことをした罰よ。わたしを気持ちよくしなさい」

それはただの口実であり、照れ隠しだったのであろう。当然の権利だとばかりに、Ｔバックを脱いだ玲子が腰を跨いでくる。騎乗位でセックスをするつもりなのだと、隆夫もすぐにわかった。

反り返っていた秘茎が逆手で握られ、上向きにされる。その真上にヒップを下ろし、彼女は手にしたモノの切っ先を女芯にこすりつけた。

「あん」

甘い声を洩らし、裸の下半身を震わせる。亀頭粘膜に温かな蜜汁がまぶされ、恥ミゾに沿ってヌルヌルとすべった。

（本当にするんだ、おれたち……）

会ったときから惹かれていた、色気たっぷりの美女。まさかこんなに早く、結ばれることになるなんて。

いよいよ異性運は本物だなと実感する。この玉虫集落に来たおかげなのだ。

「挿れるわよ」

短く告げ、玲子が上半身をすっと下げる。

「はああッ」

ひときわ大きな嬌声《きょうせい》が響き渡ったのと同時に、ペニスが熱い潤みに嵌《は》まった。

（うう、気持ちいい）

柔らかな内部が、まといつくように締めつけてくれる。

「はうう、か、硬いのが奥まで来てるぅ」

あられもなく声をあげ、玲子が腰を振り出す。くいっくいっと、前後にせわしなく。いかにもこの体位に慣れているふうだ。

それにより、快感がいっそう大きくなる。

「あ、あ、ううう」

隆夫は声を洩らし、奥歯を嚙み締めた。またも限界が近づいていたのだ。

「だ、駄目、もう──」

恥を忍んで窮状を口にすると、淫《みだ》らな腰づかいが止まった。

「え、もう?」

困惑の眼差しを向けられ、情けなさが募る。

「だって、玲子さんの中が気持ちよくって」

責任を転嫁すると、彼女は満更でもなさそうに頰を緩めた。

「わたしのオマンコが気に入ったの?」

卑猥《ひわい》な四文字を口にされ、隆夫は頭がクラッとした。いくら色気たっぷりの美女でも、そこまで開けっ広げだとは信じられなかったのだ。

玲子は返答を待つことなく、腰を回しだした。さっきまでよりは緩やかな動きで、快楽を追い求める。

「つらくても我慢しなさい」

　上から目線で命令し、息をはずませる。

「わたしがイクまで出しちゃダメよ。その代わり、わたしがイッたあとなら、いくらでも中に出していいわ」

　そんな嬉しい許可を与えられたら、我慢するより他にない。

「わかった。頑張る」

「いい子ね」

　彼女の動きが本格的になる。前屈みになって隆夫の両脇に手をつき、もっちりヒップを上げ下げした。

「あ、ああっ、あふ、か、感じるぅ」

　ふたりとも下半身のみを脱いだ、いかにも欲望本位な交わり。いっそケモノじみたセックスだ。

　こすれ合う性器が、ヌチャヌチャと卑猥な粘つきをこぼす。股間ではずむ尻肉もリズムを刻み、女体は飽くことなく悦びを求めた。

（く――我慢だ）

　隆夫は懸命に堪えた。ちょっとでも気を抜くとほとばしらせるのは確実で、忍耐を振り絞ることに集中しなければならなかった。

「くうう、お、オマンコ気持ちいいっ」

玲子の煽情的《せんじょう》なよがり声に、理性がくたくたと弱りそうになる。それでもどうにか昇りつめないよう、迫りくる射精欲求と戦っていると、

「あ、イッちゃう」

極まった声がして救われる。

「ああ、あ、イクイク、イク――く、うぅううううっ！」

着衣の上半身が前後に揺れ、蜜窟が強く締まる。めくるめく歓喜に巻かれ、隆夫も頂上に駆けあがった。

「むううううっ」

呻いて、熱い滾《たぎ》りを噴きあげる。目の奥に火花が散り、意識が遠のきかけるほどの凄まじいオルガスムスであった。

第三章　迷子の迷子の娘さん

1

薪で焚いた風呂は、お湯が肌に染み込むようだ。隆夫はそう感じたけれど、ただの思い込みかもしれない。

もっとも、一緒に入った玲子も、同じ感想を口にしたのである。

「やっぱり、ガスや電気で沸かしたお風呂とは違うわね」

ふうと気持ちよさげな息をつき、両手の指を絡めて手のひらを前方に突き出す。肘《ひじ》を真っ直《す》ぐに伸ばして、「うーん」と伸びをした。

「うん、すごく気持ちがいい」

隆夫が同意すると、振り返った彼女が横顔を見せた。

「わたしもよ」

お湯が熱めだから頬が赤らみ、額や鼻の頭に汗が光っている。どこかうっとりした声音は、湯加減とは別の快さが合わさってのものだったろう。

ふたりで湯船につかり、隆夫は玲子を背中から抱くかたちで身を重ねていた。すでに一戦交えた気安さから、手の中にすっぽりと収まる乳房を、両手でやわやわと揉みながら。

彼女が身をしなやかにくねらせる。スキンシップの延長にあるような愛撫でも、熟れた女体は官能的な気分にひたっているようだ。

（おしりもいいけど、おっぱいもなかなかだな）

こちらのほうが柔らかく、臀部ほどの弾力と揉みごたえはない。強くしたら痛がるのではないか。

それゆえに、お湯の中で触れるとちょうどいい感じだった。

「もう……」

玲子が悩ましげに息をはずませる。焦れったげな様子だったから、もっと強い刺激が欲しいのではないか。

ならばと、頂上の突起を指で摘まみ、クリクリと転がす。

「あっ、あ――」

浴室のタイル壁に、艶声《つやごえ》が反響した。

「え、エッチなんだから」

なじる声が甘えを含んでいる。もっと気持ちよくなりたいのだ。

左右の感度を比較すると、右側の乳頭のほうがより反応が鋭い。ならばと、おっぱいはそちらだけにして、左手を下半身へと移動させる。

「あふッ」

無毛の恥割れを軽くなぞっただけで、玲子が電撃でも浴びたみたいにからだを震わせる。お湯が波立ち、ちゃぷんと音を立てた。

その部分からは風呂の湯と異なる、ぬるい液体が染み出していた。ヌルヌルと粘つくから、違いは明らかだ。

(もう濡れてる)

囲炉裏脇のセックスで昇りつめたあとなのに、戯れみたいな愛撫で愛液を溢れさせるなんて。からだはまだ満足していないのか。

(エッチなのはどっちだよ?)

などと胸の内でなじりつつ、隆夫もペニスをふくらませていた。六割がた勃起したそれは、彼女の腰の裏に密着している。

隆夫も劣情にまみれ、乳首と秘芯を同時に攻めた。

「あ、ああっ、いやぁ」

玲子がよがり、裸身を悶えさせる。イッたあとで、しかも肉体が風呂で温められたから、いっそう感じやすくなっているようだ。

しかし、このまま続けるのは困難だった。

「だ、ダメ……のぼせちゃう」

彼女の喘ぎ声が苦しげだ。熱めのお湯と快感の相乗効果で、頭に血が昇ったと見える。

隆夫もかなり汗をかいていた。仕方なく腕を放すと、玲子がフラつきながら立ちあがる。浴槽の縁に腰かけて、ふうと息をついた。

ほんのり赤みを帯びた柔肌を、雫が伝う。汗とお湯が混ざったそれは、股間のY字地帯に集まっていた。

彼女の膝を大きく離すと、隆夫はあらわにさらされた秘め園に顔を近づけた。

「ここ、どうして毛がないの?」

問いかけに、玲子は「処理したのよ」と簡潔に答えた。

「どうして?」

「毛があると、面倒なことが多いの。女性は生理もあるから大変なのよ」

何がどう大変なのか、男である隆夫にはよくわからなかった。汚れたときに拭き取りやすいからかなと、漠然と思っただけである。

ただ、パイパンは男にとっても都合がいい。毛があるよりも卑猥な感じでそそられるし、クンニリングスもやりやすい。

今もまた、隆夫はもうひとつの唇にくちづけ、舌を合わせ目に差し入れた。

「くううッ」

太腿が抗《あらが》うように閉じられ、頭を強く挟み込む。むちむちして心地よい感触は、かえって牡を昂らせた。

股間に滴り落ちたお湯には、やはり汗が含まれていたらしい。程よい塩気が味わい深く、愛液と混じることでいっそう美味なスープとなった。

ピチャピチャ……ぢゅぢゅッ。

舌鼓を打ち、貪欲《どんよく》にすすると、「あああっ」と悦びの声があがる。内腿の筋肉が攣《つ》りそうに痙攣《けいれん》するのがわかった。

淫らな反応に煽られて、隆夫は完全復活した。下腹にへばりつくほどに反り返った分身が、また心地よい締めつけを浴びたいとばかりに脈打つ。

今夜はここに泊めてもらえることになっていた。風呂に入る前に、玲子がそうするよう言ったのである。一緒の蒲団で寝ましょうとも。

つまり風呂からあがれば、また抱き合えるのだ。

それでも、隆夫は待ちきれなかった。この場所でも彼女と繋がりたかったのである。

秘苑から口をはずして見あげると、美女の顔はいっそう赤くなっていた。肉体が歓喜に火照り、汗の量も増えている。

「ねえ、おれにおしりを向けて」

「え？」

怪訝な面差しの彼女を立たせ、回れ右をさせる。浴槽の縁に手をつき、熟れ尻を差し出すポーズを取らせた。

「挿れたいの？」

意図を察したらしく、玲子が気怠《けだる》げに訊ねる。背後に立って丸まるとしたヒップを見おろし、隆夫は「うん」とうなずいた。

「ちょっとだけにしてね。本当にのぼせちゃうから」

「わかった」

隆夫もイクまでするつもりはなかった。すでに一度、彼女に中におびただしい量を放っているのである。続けざまに射精したら、蒲団の中でのぶんがなくなってしまう。

今は風呂場で交わるというシチュエーションのみを愉しむことにし、反り返る分身を前に傾ける。逆ハート型のヒップの切れ込みに、はち切れそうに紅潮した穂先をもぐり込ませた。

花びらをかき分け、恥ミゾを上下にこする。粘つきのまぶされた亀頭粘膜が色合いを濃くし、いっそう生々しい様相を呈した。

「は、早く」

玲子が焦れったげに頭を振る。リクエストに応《こた》えて、隆夫は腰を前に送った。

ぬるん――。

たっぷり濡れていた洞窟《どうくつ》が、侵入物をやすやすと受け入れる。

「あふぅ」

喘ぎ声がこぼれ、白い背中が弓なりになる。尻の谷がすぼまり、ペニス全体が心地よく圧迫された。

（入った……）

さっき味わったばかりなのに、内部の様子が明らかに違う。熱いのもそうだが、くびれに当たるヒダの感じや、締めつけ具合も異なっていた。

それは体位のせいばかりではあるまい。女体そのものが変化して、膣壁がねっとりとまといついているふうであった。

「あん、すごい……オチンチン、さっきよりも硬いわ」

あられもない感想は、彼女自身が柔らかく蕩けているからだ。

隆夫はそろそろと退き、肉の漲りを蜜穴から引き出した。筋張った胴が蜜汁でヌラつき、そこからなまめかしい匂いがたち昇ってくる。

（うう、いやらしい）

再び中へ戻し、また外に出す。その繰り返しが、成熟したボディを歓喜にわななかせた。

「あ、あ、あ、き、気持ちいいっ」

玲子が泣くような声でよがり、息づかいを荒くする。膝がガクガクしており、肉棒で貫かれていなかったら、すぐにでも崩れ落ちるのではないか。

隆夫のほうも、心臓がドッドッと、いつになく高らかな鼓動を響かせていることに気がついた。酒を飲んでセックスをし、さらに熱い風呂にもつかったのだ。循環器に、かなり負担がかかっているのは間違いない。

（そろそろいいかな）

挿入して、浴室セックスのよさを味わったら、それで終わりにするつもりでいた。ところが、予想以上に快感が著しい。やめるきっかけが摑めなかった。

それは玲子も同じらしかった。のぼせるからちょっとだけと言ったはずが、

「あうう、も、もっとぉ」

と、艶尻をくねくねさせて抽送をせがむ。可憐なアヌスの真下に出入りする肉根も、白い濁りをべっとりと付着させた。

こうなったら、彼女が絶頂するまで続けるしかなさそうだ。

（頑張れよ、おれのからだ）

たわわな臀部を両手で支え、猛る秘茎を抜き挿しする。下腹を打ちつけるように、力強いピストンを繰り出した。

「あ、あ、それいいッ、か、感じる」

乱れる美女をリズミカルに責め苛めば、浴室に嬌声が反響する。湯船のお湯もちゃぷちゃぷと波立った。

当然ながら、隆夫も惹き込まれるように上昇する。

（おい、出すんじゃないぞ）

風呂からあがったあとのことを考え、今は我慢だと気を引き締める。だが、女

窟の締まりがいっそう強烈になったために、堪え性がなくなった。

（うう、よすぎる）

忍耐が風前の灯火《ともしび》となる。そのため、

「あああ、い、イク、イッちゃう」

玲子が頂上へ走り出したのに呼び込まれ、限界を迎えてしまった。

「あ、あああっ、お、おれもいく」

「イクイクイク、くううううう、も、ダメぇぇぇぇえっ！」

くねるヒップを押さえ込み、隆夫は肉槍を高速で出し挿れした。目のくらむ悦びに膝が崩れそうになりながらも、激情のしぶきをドクドクと噴きあげる。

（ああ、出ちまった）

後悔に苛まれつつも、貪欲に悦びを求めずにいられない。中出しした精液が逆流し、グチュグチュと泡立つのもかまわずに、腰を振り続けた。

「あ、あふ、うう」

果てた女体が力尽き、ずるずると崩れ落ちる。力を失いつつあるペニスが、膣口から無慈悲にもはずれた。

隆夫は湯船の中に立ち尽くしたまま、ハァハァと深い呼吸を続けた。心臓はどうにか持った様子ながら、下半身はそうはいかない。

(……今夜はもう無理かな)

濃厚な射精を、時間を置くことなく二度も遂げてしまったのだ。十代、二十代の頃ならいざ知らず、四十路前の自分に三度目ができるとは思えなかった。

まあ、ひと眠りして、明日の朝に目覚めの一発なら可能だろう。今でも朝勃ちをするのだから。

玲子も浴槽の縁に腕をのせ、肩で息をしている。疲れ切った様子だし、今夜はもう眠りたいのではないか。

すると、彼女が顔をあげ、隆夫を振り仰ぐ。紅潮した頰と、トロンとした目が色っぽい。

「またイッちゃった……」

つぶやくように言い、ふうと息をつく。近くにある男性器に気がつくと、水平状態にあったそれを握った。

「あうう」

達したあとで敏感な気管を刺激され、腰が砕けそうになる。しかも、玲子はまつわりついたふたり分の淫液を用いて、ヌルヌルとこすったのである。

「あ、あぁッ」

膝が笑い、隆夫はいよいよ立っていられなくなった。一方、分身のほうは勢いを取り戻し、再び上向きにそそり立つ。

「すごいわ……」

玲子はうっとりした面差しで伸びあがると、硬くなった牡根を厭《いと》うことなく頬張った。

（ああ、そんな）

舌をピチャピチャと躍らされる。隆夫は強烈な快感に身悶えると同時に、申し訳なさも覚えた。中出しのあとで、そこには青くさい樹液がこびりついていたからである。

まあ、彼女のラブジュースも混ざっていたのであるが。

唾液に溶かしたセックスの痕跡を、玲子が喉を鳴らして飲み込む。さらに舌で丹念なクリーニングを施されたのち、屹立は解放された。

「はあ」

大きく息をついた美女が、唾液に濡れた肉根に淫蕩な眼差しを注ぐ。

「また元気になっちゃった」

自分がそうさせておきながら、他人事《ひとごと》みたいに言う。反り返った硬肉を握り、喘ぐ年上の男を見あげた。

「続きはお蒲団でね」

色っぽい微笑で告げられ、隆夫はイエスと答えるみたいに、分身をビクンと脈打たせた。

2

次の週末、隆夫はレンタカーで玉虫集落に来た。途中で買い物もしたし、荷物がけっこうあったからである。

（ああ、楽しみだなあ）

ウキウキして、長距離でもハンドルを握るのが苦痛ではなかった。

家に着くと、まずは缶ビールを冷蔵庫で冷やし、食材の下ごしらえをする。肉や野菜をカットして、これも冷蔵庫にしまった。

それから外に出て、買ってきたものを庭に設置する。

ピラミッドの上部分を平らにしてひっくり返し、脚をつけたかたちのそれは、バーベキュー用のコンロである。薪や炭を燃やし、肉などを焼いて食べるためのもの。

燃料は備長炭を使うことにした。先週、玲子のところで焼いた鮎を食べ、火の具合も香りも、けっこういいなと思ったのである。

杉葉と小枝を使って火を燃やし、その上に炭を置く。時間をかけることなく炭が赤くなり、火花がパチパチと飛んだ。

火が熾ると上に網を乗せ、折りたたみ式のテーブルとチェアも脇に置く。これで準備は整った。

その頃には日がだいぶ傾き、西の空が赤く染まっていた。時間的にもちょうどいい頃合いだ。

隆夫は家に戻ると、冷蔵庫に入れておいた食材と、タレなどの調味料を運び出した。缶ビールも氷水を溜めたボックスに入れ、冷たいままをキープできるようにする。夜のひとときを、ゆっくりと長く愉しむために。

(では、始めるとするか)

だいぶ熱くなったであろう網の上に、スペアリブやウインナーを置く。ジューッと音がして、肉と脂の焼けるいい匂いがした。

さらに野菜も並べてからチェアに腰かけ、隆夫は一本目の缶ビールを開けた。

「ん、ん、ん」

喉を鳴らして流し込めば、冷たい苦みが食道を通り抜ける。炭酸のはじける感覚がたまらない。

「ぷはー」

満足感を息とともに吐き出し、空を仰ぐ。

（うん。これだよ、これ）

生きていてよかったと、心から思える瞬間だ。仕事の疲れやストレスも癒やされるというもの。

ビールを飲み、トングで肉や野菜をひっくり返す。最初に置いたスペアリブが焼けたようなので、まずは何もつけずにかぶりついた。

「うん、旨い」

肉の旨味が、炭火によって凝縮されたよう。ビールを飲み、次はタレもつけて味わった。

それにしても、外で食べるのはどうしてこんなに美味しいのか。囲炉裏のそばもよかったが、開放感は段違いだ。

加えて、山の中で空気が爽《さわ》やかなのも、気分を豊かにしてくれる。

家の前でバーベキューができるのも、なかなかの贅沢だ。東京だったら多摩地域の町村部とか、島嶼《とうしょ》部ぐらいであろう。

ここは他の住人もいないし、山の上である。多少煙が出る程度なら問題ない。テント不要でソロキャンプができるようなものだ。

いずれは家の庭でバーベキューをしたいと、隆夫は考えていた。今回、是が非でもやりたくなったのは、テレビで観たソロキャンプに影響されてであった。

そういうレジャーがあることは、前から知っていた。先日、たまたまテレビを点けたらやっていて、美咲のことを思い出したものだから、じっくりと視聴したのである。

キャンプそのものはなるほどという感じで、面白そうではあったけれど、やってみようとは思わなかった。山の上に家があるのだし、わざわざテントに泊まる必然性はない。

ただ、火を熾し、ビールを飲みながら食材を焼いて食べる場面には、大いに惹かれた。ちょうど小腹が空いていたため、是非ともやってみたくなった。

そこで、次の週末は山の家で、バーベキューをしようと計画したのである。

実際にやってみれば、満足度はかなり高かった。ビールも肉も旨いし、気分もいい。もっと早くすればよかったと思った。

ただ、誤算もあった。

(べつにひとりでなくてもよかったかもな)

テレビで観たソロキャンプに影響されたものだから、ひとりですることにこだわってしまったところがある。しかし、そもそもバーベキューは、大人数でわいわいと楽しむものなのだ。

ひとりだから気楽なのは間違いない。気を遣うことなく、自分のペースで進められる。

ただ、時間が経ち、日が翳《かげ》ってくるにつれ、少々寂しくなってきた。

(玲子さんに連絡してみようかな)

思ったものの、こっちにいるとは限らない。食材も多めに用意してあるものの、ふたり分となると心許《こころもと》なかった。

彼女はこのあいだ週末に来ていたが、あれは隆夫に風呂の焚き方を習うためだったのだ。その後の淫らな展開も、計画の内だったのかもしれないが。

連絡先は交換したのだし、今、山の家でバーベキューをしていると、写真付きでメールを送ってもいい。ただ、知り合って間もなくセックスをしてしまったものだから、関係の持ち方に迷うところがあった。

普通の友人とは言い難い。かと言って、恋人同士とも違う。肉体を繋げても、愛の言葉は一度たりとも囁《ささや》かれなかったのだから。

それでいて欲望の赴くまま、貪欲に求め合ったのである。そのときのことを思い出すだけで、股間がムズムズするほどに。

共通しているのは、同じ集落に家を持っていることのみだ。玲子はお向かいさんと言ったが、距離がありすぎる。

まだ一週間しか経っていないのに連絡を取ったら、からだが目当てだと誤解されるのではないか。そんな勘繰りも、隆夫を躊躇させた。

正直な話、女性とどう接するのが正しいのか、未《いま》だにわからない。

おそらく、最初の相手に拒まれた過去も影響しているのであろう。親しくなったぶん、嫌われることを隆夫は恐れた。

向かいの山に目を凝らしても、明かりは見えない。やはり今日はいないようだ。

こちらからは木や納屋の陰になっているから、そうとは言い切れないのである。しかし、いないことにしたほうが諦めがつく。

（誘うのは今度でいいや）

今夜はひとりで過ごそうと決めたとき、足音らしきものが聞こえてドキッとする。道のほうに視線を移せば、何やら白いものがふらふらと、こちらに近づいてくるのが見えた。一瞬、お化けにも見えたものの、

（え、人間？）

誰か来たとわかって、隆夫は自然と身構えた。

この家を知っている人間は限られている。まして、こんな時間に来る者など思い当たらない。最も可能性があるのは玲子だが、彼女は車で来るはずである。

実際、その人物が近くに来て、薄暗い中でどうにか顔を確認しても、誰なのかわからなかった。

「あの……飲み物と食べ物をいただけませんでしょうか」

弱々しい声でお願いされる前から、女性であることはわかった。白っぽいワンピースに、カーディガンらしきものを羽織っていたからだ。足音がしたのは、ヒールのついた靴を履いているためだろう。

隆夫は咄嗟に美咲のことを思い出した。しかし、彼女のようにキャンプでこの地を訪れたわけでないのは、服装から明らかである。

（ひょっとして遭難したのか？）

だから水と食料を求めたのではないか。息づかいも荒いし、かなりくたびれた様子である。

「ああ、ええと、ビールでもいいですか？」

とりあえず手近にあるのはそれだけだった。

「はい、かまいません」

隆夫は立ちあがり、まずは彼女にチェアを勧めた。今にも倒れそうに見えたのだ。

「どうぞ。ここに坐ってください」

「いいんですか？」

「もちろん」

「では、お言葉に甘えて」

崩れるように腰かけた女性に、缶ビールのプルタブを開けて渡す。彼女は口をつけるなり、コクコクと喉を鳴らした。

そのあいだに、隆夫はテーブルに置いてあったキャンプ用のランタンを灯した。電池式で、ＬＥＤだからけっこう明るい。しばらく暗がりを楽しむつもりで、点けていなかったのだ。

（やっぱり知らないひとだな……）

改めて女性の顔を確認したものの、見覚えはなかった。とりあえず、お皿にウインナーや野菜を取り、割り箸と一緒にテーブルに置く。

「これ、どうぞ。大したものはありませんけど」

「すみません……ありがとうございます」

涙声で礼を述べたのは、親切にされて感激したというより、ようやく生き返ったという喜びの表れだったようだ。

チェアはあと二脚ほどあったので、隆夫はコンロの脇にもうひとつを置いて坐った。

「おれは牧瀬隆夫といいます」

先に名前を告げたのは、女性が名乗ってくれることを期待してであった。

「……わたしは、三芳由佳里《みよしゆかり》です」

どことなくためらいが窺える。彼女のほうから助けを求めたとは言え、見知らぬ男を警戒したのかもしれない。

疲れた顔を見せているものの、まだ若そうだ。上に見ても、三十にはなっていまい。おそらく、二十代の後半ではないか。眉毛がくっきりした面立ちは、けっこう意志が強そうである。

由佳里は缶ビールをテーブルに置き、お皿を手に取った。かなり空腹だったようで、盛ったものを次々と口に入れる。

隆夫は新たな食材を、網の上に追加した。

「ところで、どうしてこんな山の中にいらしたんですか？」

人心地がつくのを待って訊ねると、彼女はふうとひと息つき、お皿をテーブルに戻した。

「いろいろあって……」

つぶやくように答えて、押し黙る。そのいろいろが聞きたいのに、あまり話したくなさそうである。込み入った事情があるのだろうか。

こちらはビールや食料を提供したのだから、理由を教えてもらう権利がある。しかし、あまり詮索《せんさく》するのは失礼かと、隆夫は深く追及しないでおいた。そのうち話してくれるであろうから。

「ちょっと待ってくださいね。これ、もうすぐ焼けますから」

「すみません」

由佳里が頭を下げる。それから隆夫の家を見て、

「ここにお住まいなんですか？」

と質問した。

「いえ、ここに来るのは週末だけです。仕事は東京なので」

これに、彼女は初めて明るい表情を見せた。

「そうなんですか？　わたしも東京から来たんです」

「え、おひとりで？」

訊き返すと、目を伏せる。

「いえ……」

また言葉少なになり、缶ビールに口をつけた。

（てことは、誰かとこっちに来て、喧嘩《けんか》でもしたのかな？）

あるいは玉虫集落に縁があるのかと思えば、

「ここって、なんていうところなんですか？」

由佳里が周囲を見回して訊ねる。ランタンを点けたことで近場だけが明るくなり、周りの景色は闇《やみ》に溶け込んでいた。

「玉虫っていう集落ですよ」

「たまむし……」

首をかしげたから、まったく知らない土地なのだ。つまり、目的地はここではなかったのである。

「このあたりは住む人間がいなくなった集落で、おれは家と土地を安く買ったんです。まあ、退職したら住むつもりですけど」

説明すると、由佳里は納得したふうにうなずいた。

「だから誰もいなかったんですね」

ここへ来るまで、他の家も覗いてきたのではあるまいか。けれど誰もおらず、あるいはバーベキューの匂いに惹かれて、上まで来たのかもしれない。

「ビール、よかったらどうぞ。まだありますから」

隆夫が新しい缶をテーブルに置いたのは、飲めば話しやすくなるかと思ったからである。

「すみません。いただきます」

彼女は一本目を空にすると、二本目のプルタブを開けた。喉の渇きは癒えていただろうから、飲みたい気分だったのではないか。

（嫌なことがあったみたいだな）

付き合ってビールを飲みながら、話す気になるのを待っていると、車のエンジン音が聞こえた。

（あ、ひょっとして――）

間もなく、赤い軽自動車が現れる。玲子だ。隆夫は立ちあがると、急いでそちらに向かった。

「あー、やっぱりバーベキューをしてたのね」

車から降りるなり、色っぽい美女が声をはずませる。ジーンズに縦縞のシャツというラフな装い。あたりはだいぶ暗くなっていても、隆夫には彼女が輝いて見えた。

「夕方、火と煙が見えたから、ひょっとしてと思ったの。誘ってくれればよかったのに」

軽く睨まれて、隆夫は首を縮めた。

「ごめんなさい。こっちにいるかわからなかったから」

「まあ、いいわ。飲み物と食べ物を持ってきたから、仲間に入れてちょうだい」

そこまで言ったところで、玲子はコンロの脇にいるもうひとりに気がついた。

「え、こちらの方は？」

「いや、それが」

由佳里の名前と、いきなり現れて、飲み物と食べ物を求められたことを教えると、玲子は俄然《がぜん》興味を覚えたらしい。

「こんばんは」

と、さっそく歩み寄って声をかけた。

「こ、こんばんは……」

由佳里は挨拶を返したものの、かなり戸惑った様子だ。それでも、隆夫に示したような警戒心は見せない。同性だからだろう。

「わたしは吉崎玲子。牧瀬さんのお向かいに住んでるの」

「え、お向かい？」

「ああ、お向かいっていうか、向かいの山ね。それに、実際は住んでいるわけじゃなくて、たまに来るの。本当の家は横浜にあるから」

「え、それじゃあ、こっちに家を買ったんですか？」

「買ったんじゃなくて、もともと親戚《しんせき》の家があったのを譲り受けたのよ」

「あ、そうなんですか」

玲子がもうひとつのチェアに坐ったものだから、隆夫は仕方なく、別のものを用意した。

「あなたはどこから来たの？」

「東京です」

「何をしにここへ？」

「えと、べつにここへ来たわけじゃ……」

「じゃあ、目的地は？」

「……温泉です」

由佳里が向かっていたのは、玉虫集落からさらに奥の温泉街であった。

「そこへはバスで？」

「車です」

「ひとりで？」

「……いえ、彼氏と」

言いづらそうに小声で答えたから、どうやら彼氏と何かあったようだ。隆夫にもそのぐらいは推察できた。

「てことは、彼氏が運転して、由佳里さんが助手席？」

「はい」

「喧嘩したの？」

ストレートな質問に、由佳里が返答に詰まる。図星を指されたのが丸わかりだ。すると、玲子がこちらに向き直った。

「牧瀬さん、わたしの車の助手席に、お酒と食べ物が積んであるから持ってきてもらえる？」

「あ、うん」

「段ボール箱に入ってるわ」

隆夫が立ちあがると、玲子が由佳里に告げる。

「とにかく飲んで食べて、日頃の憂さを晴らしましょ。すっきりすれば、新しい道が拓《ひら》けるわよ」

何があったのかを見抜いているふうな口振り。これに、由佳里は「はい」と素直にうなずいたのである。

3

三人でバーベキューをして、間もなく会話がはずみ出す。玲子のおかげで、ドリンクも食べ物も充分すぎるほど揃ったのだ。

由佳里もかなり打ち解け、玉虫集落での暮らしなど、自分からあれこれ質問するようになった。逆に問いかけられたことにも答え、東京の区内に勤めるＯＬであること、年齢は二十八歳であることもわかった。

そこまで話したのは、同性が現れて安心したのに加え、アルコールの効果もあったのだろう。玲子が持ってきた中には、ストロングタイプの缶チューハイがあって、由佳里はそれを飲んでいたのである。

「ところで、今日なにがあったのか、訊いてもいい？」

頃合いを見て、玲子が問いかける。そのときには、由佳里は少しも沈んだ態度を見せず、「はい」と返事をした。どことなく開き直った感じもあった。

「彼氏と山向こうの温泉に行く予定だったんでしょ？」

「そうなんです。週末にドライブがてら温泉でも行きたいねって話を前からしてて、彼が予約してくれたんです」

「なのに、どうして車を降りちゃったの？」

「……彼のスマホに電話がかかってきたんです。女から」

由佳里の眉間に深いシワが刻まれる。その女が同僚とか友達の類いでないのは、火を見るよりも明らかだ。

「今って運転中でも電話ができるように、スマホとカーナビがブルートゥースで繋がって、ナビの画面で操作ができるじゃないですか。で、ナビに女の名前が表示されて、彼がやけに焦ったから、わたし、ピンときたんです。それで、ナビの受信ボタンを押したら、やけに馴《な》れ馴《な》れしい態度で彼に話しかけてきたから、わたし、運転中ですって答えてやったんです」

また悪いタイミングで電話がかかってきたものだ。しかも運転中では、彼氏もどうすることもできなかったであろう。

「そうしたら相手の女が、誰よアンタはみたいなことを言って、それはこっちの台詞じゃないですか。わたしが彼女だって言ったら向こうが怒り出して、わたしのほうが彼を誘惑したんだって決めつけたものだから、頭にきて電話を切ってやったんです」

「つまり、彼氏が浮気してたってこと？」

玲子の質問に、由佳里は下唇を噛んだ。

「……浮気なのか、二股《ふたまた》なのかはわかりませんけど。実は、今回が初めてでもないんです。前にもわたしの知らない女からのラインがあったり、スマホに着信があったりして、そのたびに浮気じゃない、ただの知り合いだって言い訳を聞かされて、それでもこっちが証拠を突きつけると観念して、金輪際浮気はしないって、土下座して謝ったこともありました」

要は前科があったわけか。かなり女にだらしない男のようである。

「だけど、今回みたいに向こうの女から罵《ののし》られたのって初めてで、わたしも情けないし腹が立つしで、彼を責めたんです。そうしたら反省するどころか、わたしに足りないところを他の女に求めてるだけだって開き直ったんですよ。もう、こんな最低男と一秒だっていっしょにいたくないと思って車を停めさせて、さっさと降りたんです」

そのときの怒りがぶり返したのか、由佳里の面差しが険しくなる。玲子はなるほどという顔でうなずき、質問を続けた。

「彼氏は由佳里さんを止めなかったの？」

「ええ、全然。たぶん、謝りたくなかったんだと思います。前に浮気がバレたときも、認めるまでかなり時間がかかりましたから。最終的に土下座させましたけど、性格が最低のわりにプライドだけは高いから、あんなことは二度と御免だと思ったんでしょうね」

「じゃあ、彼はひとりで温泉に向かったの？」

「みたいです。予約してありましたから、当日だとキャンセル料は百パーセントですし、行かないと無駄になると思ったんじゃないですか？　まあ、あんなヤツのことだから、現地調達で女の子を見つけるかもしれませんけど」

それこそ溜まっていた鬱憤《うっぷん》を晴らすみたいに、由佳里は洗いざらいぶちまけた。とは言え、それですっきりした様子はなく、苦虫を嚙み潰《つぶ》したみたいな顔を見せている。

「それで、由佳里さんは車を降りてからどうしたの？」

「……わたし、バッグを彼の車に置きっぱなしにしちゃったんです。財布もスマホもその中で、仕方なく来た道を歩いて戻ろうとしたんですけど、日がどんどん落ちてくるし、心細くなって」

「でも、下の県道なら車もちょっとは通ったんじゃない？　町のほうまで乗せてもらえばよかったのに」

「それだと、相手がどんなひとかわからないですし、もしもヘンなひとで、どこか遠くに連れていかれても困るじゃないですか」

由佳里が当初、警戒心をあらわにしていたのを、隆夫は思い出した。あの様子では、ヒッチハイクなど怖くて無理だろう。

「で、歩いていたらバス停があって、名前は見なかったんですけど、バスが停まるのなら誰か住んでいるんだろうと思って、住民の方に助けてもらうことにしたんです。こういう田舎なら、住んでいるひとも親切かもしれないって。だけど、どの家もひとがいなくって、それでも一軒ぐらいは誰かいるんじゃないかって探しているうちに、いい匂いがしてきたものですから——」

やはりバーベキューの匂いに惹かれて、ここまで来たようだ。

ただ、男がひとり庭先で飲み食いしている姿は、かなり奇異に映ったのではないか。そのため事情も話しづらく、どうしようか迷っていたところに玲子が現れて安心したと、そういうことらしい。

（玲子さんが来てくれてよかったな）

隆夫ひとりでは、事情も聞き出せず持て余したに違いない。

「そっか……大変だったのね」

玲子が共感を込めてうなずくと、由佳里がクスンと鼻をすする。親切にされた上に話も聞いてもらい、すっかり心を許したふうだ。

「由佳里さんの気持ち、とってもよくわかるわ。あのね、わたしも旦那がいたんだけど、別れたの。浮気されて」

「ええっ！」

二十八歳のＯＬが、驚きをあらわにする。それでいて、玲子のほうに身を乗り出すようにしたのは、仲間意識みたいなものの表れではなかったか。

（玲子さんのところ、やっぱり浮気が離婚の原因だったのか）

密かに予想したことが事実だとわかり、隆夫はひとりうなずいた。そして、こんなに色っぽくて素敵な奥さんがいながら他の女に手を出すなんて、男の欲望には際限がないのだなとあきれる。

もっとも隆夫とて、美咲のことが忘れられなかったはずが、玲子に誘われたらほいほいと関係を持ってしまったのだ。他人を非難できる立場ではない。

「だから、由佳里さんの彼氏が浮気を責められて開き直ったこととか、うん、あるあるって思ったの。ホント、男ってしょうがない生き物よね」

玲子がこぼすと、由佳里が我が意を得たりという面差しで、「そうなんですよ」と同意した。

「こっちのことはあれこれ束縛するくせに、自分は好き勝手にしたいって、まったくワガママすぎるんです」

「別れた旦那もそうだったわ。わたしには家事をしっかりやれとか命令しておいて、自分は他の女とヨロシクやってたんだもの。どの口がそんなことを言うのって感じね」

男の悪口合戦が始まり、隆夫は気まずくて仕方がなかった。

当然ながら会話には加われないし、黙って聞いているしかない。しかも、自分自身に当てはまるところが皆無でもないから、ますます居たたまれなくなる。

（ていうか、ふたりともだいぶ酔ってるみたいだぞ）

由佳里はストロングタイプの缶チューハイを、すでに二本空けている。その前にはビールも飲んだのだ。

玲子のほうはそこまでではなくても、目がトロンとなっている。あの日、囲炉裏の脇でしなだれかかってきたときと一緒だ。

（あれ？　てことは、玲子さんはウチに泊まるつもりなのか？）

今さら気がついて、動揺を隠せなくなる。隆夫も飲んだから送ることはできないし、この様子だと由佳里も泊めることになるだろう。

（じゃあ、三人でいやらしいことを——）

妄想がふくらみかけたものの、いや、さすがにそれはないかとかぶりを振る。

だいたい、由佳里は簡単に気を許しそうなタイプではない。彼氏と喧嘩したあとでも自暴自棄にならず、警戒心も緩めなかったのだ。同性の玲子相手にならあれこれ打ち明けられても、初めて会ったばかりの男と肉体関係を持つほどすれてはいまい。

ただ、蒲団はひと組しかないのだ。女性ふたりにそれを与え、隆夫は別室で毛布にでもくるまるしかなさそうだ。

そこまで考えたところで、女性陣の話題が変わった。

「まあ、でも、いつまでもバカな男を引きずってもしょうがないじゃない。わたし、離婚したあとでわかったことがあるの。どうして浮気されて、あんなに腹が立ったのか」

玲子の言葉に、由佳里が「え、どうしてって?」と首をかしげる。

「浮気した旦那が最低なのは間違いないんだけど、それだけじゃないのよ。わたしは尽くすばかりで、旦那と違って好きなことが何ひとつできなかったわけじゃない。不公平だって考えたら、ますます腹が立ってきたの」

示された見解に、年下のＯＬは戸惑った様子であった。

「要するに、旦那が浮気をしたのなら、わたしもすればよかったのよ。でも、離婚したら浮気はできないじゃない。だから、わたしも好きに生きることにしたの。気に入った男を見つけたら、遠慮しないでアタックしようって」

これを聞いて、玲子があんなに積極的だったわけを理解すると同時に、隆夫は複雑な思いを噛み締めた。

（つまりおれは、別れた旦那さんへの当てつけで誘惑されたってことなのか？）

彼女が言ったように、男として気に入られたのは確かなのだろう。だが、欲望を発散するための道具にされたという思いも捨てきれなかった。

とは言え、自分が直ちに恋愛対象になるタイプの男でないことも、重々承知している。玲子のような美人に、たとえ欲望を解消するためだけであっても、見初められたのはラッキーと言える。

「ところで由佳里さんは、浮気した彼氏とヨリを戻したいの？」

訊ねられ、由佳里はすぐには答えられない様子だった。どうやらやり直したい気持ちはゼロではなさそうだ。

「それは……わかりません」

「だったら、悔いのない行動をするべきだわ」

「悔いのないって？」

「さっき、わたしが言ったとおりよ。浮気をされたのなら、浮気を仕返すってこと。ヨリを戻すつもりなら、それで対等になれるし、きっぱり別れるつもりなら、誰と何をしようが自由じゃない。どちらにしろ、由佳里さんは彼氏じゃない男に抱かれるべきなのよ」

そんなことを勧められて、彼女が素直に聞き入れるはずがない。玲子の大胆なアドバイスに、隆夫は無茶なことを言うなと思った。

由佳里はいかにも気が強そうだ。たとえ年上の指示でも、意に沿わなければ断固として突っぱねるだろう。

そもそも彼氏の浮気に悩むぐらいなら、安易にやり返すなんて手段は取らないはずだ。そこまでできるのなら、さっさと愛想を尽かすのではないか。

事実、由佳里は顔をしかめ、玲子に同意する気配を微塵も見せなかった。

「まあ、どうするかは由佳里さんが決めることだけどね」

意外にも、玲子はあっさりと引き下がった。あるいは酔って好き勝手なことを述べただけで、本気ではなかったのか。

険悪な雰囲気にならずに済みそうで、隆夫は安堵した。この話題はここまでにして、せっかくだからみんなでバーベキューを楽しみたいと思ったのも束の間、玲子がとんでもないことを暴露する。

「ただ、わたしも無責任にそんなことを勧めるわけじゃないのよ。自分が実際にやってみて、気持ちがすごく楽になったから、由佳里さんもどうかなと思ったの」

「え、実際に？」

「わたし、牧瀬さんとセックスしたわよ」

隆夫は焦り、激しく狼狽した。由佳里が驚いて目を見開いたあと、明らかに軽《けい》蔑《べつ》の眼差しを向けてきたものだから、ますます居たたまれなくなる。

（いや、どうしてそんなことバラすんだよ？）

玲子の意図もわからず混乱する。

「牧瀬さんは親切だし、真面目だし、別れた旦那とは大違い。やっぱり、男は誠実なのが一番よね。だからセックスしたの」

「ど、どうしてそんなこと、わたしに言うんですか？」

由佳里の疑問は当然であったろう。隆夫も同意見だった。

ところが、玲子はそれには答えず、

「あと、オチンチンも硬くて元気なの。来年は四十歳だっていうのにね。しかも、ひと晩で三回も、わたしのオマンコに射精したのよ」

露骨すぎる発言に、若いＯＬは毒気に当てられたように絶句した。

（何を言ってるんだよ、玲子さん……）

隆夫も唖然《あぜん》とするばかりだった。

玲子がすっと立ちあがる。隆夫のそばに来て屈み込むと、唇を奪った。

「む――」

いきなりだったから、反射的に身を強ばらせる。けれど、アルコール混じりのかぐわしい吐息を流し込まれ、すっと力が抜けた。

舌が差し込まれ、口内を探索される。由佳里に見られているとわかりつつ、隆夫は操られるみたいに舌を絡め、深いくちづけに応えた。

「むふッ」

太い鼻息がこぼれる。玲子の手が股間にのばされ、ズボン越しにペニスを揉んだのだ。

（ま、まずいよ）

今日会ったばかりの、若い女性に見られているのだ。胸の内で抗いつつも、悦びがぐんぐん高まって、肉体が愛撫に従うことを余儀なくされる。

おまけに、シンボルもＴＰＯをわきまえることなく膨張した。

「ふふ、大きくなったわ」

唇をはずし、玲子が目を細める。彼女の指に、分身が逞《たくま》しい脈動を伝えた。

「れ、玲子さん……」

「ねえ、協力して」

「え？」

「由佳里さんが、浮気者の彼氏を吹っ切れるように」

つまりこれは、由佳里のために始めたことだというのか。だが、目の前でイチャついたからといって、どうなるものでもないと思うのだが。

前に跪《ひざまず》いた玲子が、ズボンの前を開く。

「おしりを上げて」

「いや、でも」

「早く」

叱りつけるように言われ、反射的に従う。ズボンとブリーフがまとめて脱がされ、下半身が外気に晒された。

（ああ、そんな……）

完全勃起した肉根があらわになり、頬が熱くなる。玲子の陰になって、由佳里には見えないはずながら、それで羞恥が薄らぐものではない。

「ふふ。元気なオチンチン」

玲子が白い歯をこぼし、屹立を握る。快さがふくれあがり、隆夫はたまらず「うう」と呻いた。膝がカクカクと震え、簡素なチェアが軋《きし》む。

ペニスを軽やかにしごいてから、彼女は後ろを振り返った。もうひとりが坐っているほうを。

「あ――」

目が合ったのか、由佳里が小さく声を洩らす。焦りをあらわに顔を背け、それでも気になるのか、こちらにチラチラと視線をくれた。

「よく見てなさい」

挑発的に告げると、玲子はそそり立つモノの真上に顔を伏せた。

「あああっ」

堪えようもなく声をあげ、隆夫はのけ反った。敏感な器官が、温かな潤みに誘い込まれたのだ。

チュパッ。

舌鼓を打たれ、鋭い快美が背すじを駆けのぼる。さらに舌を縦横に動かされ、押し寄せた歓喜の波に翻弄《ほんろう》されることになった。

「あ、駄目……ううう」

股間で頭が上下する。すぼめた唇で摩擦される筒肉は愉悦にまみれ、バターみたいに溶けてしまいそうだ。

（気持ちよすぎる……）

もはや羞恥は完全に消し飛び、早々に爆発しないよう、気を引き締めるので精一杯だった。

よく見なさいと言われた由佳里であったが、奉仕する女の背後にいては、どんなふうに男根をしゃぶっているのかわからないだろう。それゆえに気になるようで、からだを左右に揺らしたり、伸びあがったりしながら、こちらに熱い視線を送っている。

どうやらそれが、玲子の狙いだったらしい。

「ぷは――」

彼女が顔をあげ、大きく息をつく。唾液に濡れた肉器官は生々しさを著しくし、隆夫の目にも凶悪な物体に映った。ランタンの明かりで、陰影を濃くしているためもあったろう。

「ねえ、来て」

誘いの言葉に、由佳里は迷いを浮かべながらもチェアから立ちあがった。

（え、そんな）

こっちに来られたら、恥ずかしいところを見られてしまう。

若いＯＬが恐る恐るというふうに近づいてくる。玲子がからだをずらし、牡の股間が視界に入っても、足を止めなかった。

それどころか目を見開き、ナマ唾《つば》を呑むような素振りを示したのである。

ビクン――。

漲りきったイチモツがしゃくり上げる。赤く腫らした頭部が、さらにふくらんだようだ。

居たたまれないはずなのに、どうしてこんなに猛々しく自己主張をするのか。主人の意に沿わないムスコに、隆夫は情けなさを募らせた。

「さ、ここにどうぞ」

玲子が横にずれて、場所を空ける。由佳里が素直にしゃがんだため、ふたりの女性にペニスを観察されることになった。

「ほら、元気でしょ」

自分のものでもないのに、玲子が得意げに言う。由佳里はその部分から目を逸《そ》らすことなく、小さくうなずいた。

（三芳さん、いったいどうして？）

彼女の変化が、隆夫には理解し難かった。お返しに浮気をすればいいと言われたとき、嫌悪の感情を見せたと思ったのに。

あるいは、同じ集落に家を持つふたりが肉体関係を持ったと聞かされ、尚かつ目の前で淫らな行為に及んだものだから、理性を狂わされたとでも言うのか。かなり飲んでいたから、アルコールの影響も否定できない。

実際、牡のシンボルを凝視する目が、据わっているように見える。

「これ、すごく硬いのよ。鉄みたいにカチカチ」

「……そうなんですか？」

「なんなら、さわって確かめてみる？」

そう言って、玲子が屹立から手をはずす。持ち主の了解も求めず、勝手に譲り渡されても、隆夫は何ひとつ口出しができなかった。

（でも、さすがにそこまではしないんじゃないか？）

いくら彼氏に浮気をされ、喧嘩別れをしたあとであっても、そう簡単に他の男の性器などさわれるものだろうか。酔っていたとしても、そこまで奔放になれるとは思えない。

ところが、由佳里がおっかなびっくりというふうに、反り返る秘茎に手を差しのべたのである。

隆夫は悟った。彼女が酒の力で思い切った行動に出たのではないことを。なぜなら、瞳に確固とした決意が漲っていたのである。

（じゃあ、本当に彼氏への当てつけで？）

それとも、浮気男を完全に吹っ切るつもりなのか。どちらにせよ、行動を押しとどめる力は、本人にはなさそうだ。

「あの……やめたほうが」

隆夫が声をかけると、手が寸前でぴたりと止まる。こちらを見あげた由佳里が、ギロリと睨んできた。

《邪魔しないで》

鋭い視線がそう訴えている。隆夫は思わず息を呑んだ。

彼女は迷いなくペニスを握った。止められたことで、かえって意志が固まったかのごとくに。

「くうう」

隆夫は身を震わせ、熱い呻きを洩らした。玲子と異なる手の感触が新鮮で、目がくらむほどに感じてしまったのだ。

「あん。ホントに硬い」

ニギニギと強弱をつけられ、悦びがいっそう高まる。膝が落ち着かなくわななき、呼吸が荒くなった。

おかげで、海綿体がさらに血液を漲らせたようである。

「へえ、由佳里さんの手がよっぽど気持ちいいみたいね。アタマのところ、パンパンになってるわよ」

玲子が囃《はや》すように言う。由佳里も納得したのか、

「これ、すごく脈打ってます」

と、情報を付け加えた。

「こうすると、もっと硬くなるんじゃない？」

年上の女が、真下の急所に手をのばす。持ち上がったシワ袋を揉むようにさすられ、快さが倍加した。

「あ、駄目」

身をよじっても、分身をしっかり摑まれていては逃げられない。

「ホントだ。ビクンビクンしてる」

年下のＯＬも、面白がるように目を細めた。

（うう、勘弁してよ）

いくら快感を与えられても、ふたりからオモチャにされるのは居たたまれない。

隆夫は一刻も早く解放されたかった。

すると、玲子がとんでもないことを言い出す。

「由佳里さん、これ、おしゃぶりしたくない？」

「え？」

「彼氏にもしてあげてたんでしょ？　どうしようもない浮気男を忘れるためにも、この元気なオチンチンを気持ちよくしてあげたらいいわ」

気の強そうな面立ちに、逡巡《しゅんじゅん》が浮かんだのはほんの一瞬だった。

「そうですね」

由佳里が迷いを吹っ切るようにうなずく。玲子の手が陰嚢《いんのう》からはずされると、すかさず頭を下げた。

「むくぅ」

隆夫は歯を食い縛り、鼻息をこぼした。しゃくり上げるように脈打つ肉器官が、会ってから二時間も経っていない女の口内に入り込んだのだ。

（嘘だろ、こんなの――）

年上の女の唾液がこびりついているのも、由佳里は気にならない様子だ。

ここまで思い切ったことができるのは、単にアルコールの影響とは言い切れまい。やはり彼氏への鬱憤が溜まっていて、お返しというより復讐のつもりで、自堕落な行為に及んだのではないか。

隆夫はその恩恵を受けられたわけだ。棚からぼた餅とも言えよう。

にもかかわらず、悦びを素直に享受できなかったのは、玲子も一緒だったからである。

（……玲子さんは、おれが他の女性と何をしても平気なんだな）

最初に会ったときから、素敵な女性だと思っていた。思いがけず深い関係になり、いずれは結婚できるかもと、密かに願っていたのである。

ところが、こうしてためらうことなく、ふたりのあいだに由佳里を引き込んだのだ。つまり、玲子が求めているのは生涯をともにするパートナーではなく、一時的な快楽ということになる。

さっき彼女は、別れた夫への当てつけで、他の男を求めたと言った。あれは事実だったようだ。

からだだけの関係で済ませられるのは、後腐れもないし、むしろ好都合なのである。そもそも隆夫は結婚を諦めて、この地で家を買ったのだ。

だが、美咲と一夜限りながら関係を持ち、さらに玲子とも結ばれたことで、異性運が向いてきたと思った。まだこれからだと気持ちを新たにし、結婚への諦めもなくなったのである。

そうやって前向きになれた心根を、見事にへし折られたのだ。隆夫は落ち込まずにいられなかった。

そのくせ、イチモツは変わらず力を満たしたまま、おしゃぶりの快感に脈打っていた。

「由佳里さん、牧瀬さんのオチンチン、美味しい？」

淫らな問いかけに返答はない。口いっぱいに牡棒を頰張っていたのだから当然だ。

ただ、舌づかいがねちっこくなり、敏感なくびれを狙って這い回る。

「ううう」

隆夫は歓喜に呻き、顔を歪めた。

玲子とは口の中の感触も異なっており、舐め方も異なる。単純にテクニックで言えば、やはり年上のほうに軍配が上がるだろう。

ただ、由佳里はいたずらに技巧を凝らすというより、舌づかいに情愛がこもっている気がする。彼氏に奉仕するときも、感じさせてあげたい一心でしゃぶったのではないか。

(こんなに尽くしてくれる恋人がいるのに浮気するなんて、馬鹿なやつだ)

会ったこともない男を心から軽蔑する。

「由佳里さんのフェラ、気持ちいい？」

玲子の問いかけは隆夫にも向けられた。

「ええ、まあ」

曖昧《あいまい》に答えたのは、素直に気持ちいいなんて言ったら、玲子の機嫌を損ねる気がしたからだ。そんな気遣いを、彼女は見抜いたらしい。

「本当に？　すごく気持ちよさそうに、腿をピクピクさせてるみたいだけど」

訝る眼差しを向けられ、思わず目を伏せる。すると、由佳里も口にしたモノをチュッと強く吸いたてた。まるで、《気持ちいいはずよ》と、考えを改めさせるみたいに。

「あうっ」

隆夫はたまらず声をあげた。ふたりに翻弄され、高まるばかりの快感に、何も対処できなくなる。玲子の手が再び脚のあいだに入り込み、牡の急所に触れても、どうすることもできなかった。

「ほら、キンタマがコリコリになって、こんなに持ち上がってるじゃない。やっぱり気持ちいいんだわ」

肉体的な証拠を突きつけられては、弁明もできない。

「ねえ由佳里さん、オチンチン、すごく硬いんじゃない？」

「ん……」

肉根を咥《くわ》えたまま、由佳里がうなずく。

「てことは、もうすぐ精液が出ちゃうかもね。ね、ご馳走になったお礼に、牧瀬さんをイカせてあげたら？」

これに、隆夫はうろたえずにいられなかった。

かなり高まっていたし、ザーメンを勢いよくほとばしらせたくなっていたのは事実である。しかしながら、ふたりの女性の前で射精するなんて、いくらなんでも恥ずかしすぎる。

（ていうか、さすがに三芳さんも断るだろう）

隆夫たちに助けられたとは言っても、そこまでする義理も道理もない。フェラチオをしてくれただけでも、充分すぎるぐらいなのだ。

そう思っていたのに、彼女が口許をキュッとすぼめ、頭を上下に振り出したのである。

「うああ」

性感曲線が急角度で上昇し、腰が無意識にはずむ。チェアの軋みがいっそう大きくなった。

（え、それじゃ――）

由佳里は本当に最後まで導くつもりなのか。しかも口の中に。

「ああ、いい感じね。牧瀬さん、そうされるとすごく感じるのよ」

玲子も愉しげに、陰嚢をモミモミする。ふたりがかりの淫らな施しに、隆夫はたちまち危うくなった。

「だ、駄目です。そんなにされたら……あっ」

腰がビクンとわななく。今さら酔いが回ったのか、頭がぼんやりしてきた。

(うう、まずい)

腿の付け根が気怠さを帯びる。歓喜のトロミが屹立の根元でフツフツと煮えたぎり、早く出たいと駄々をこねだした。

「あ、あ、ほ、ホントに出ます」

焦って告げても口がはずされない。それどころか、煽るようにぢゅぽぢゅぽと卑猥な音がこぼれだした。

「いいのよ。イッちゃいなさい」

玉袋への愛撫も細やかになる。隆夫は無意識に脚を大きく開いた。もっとしてとねだるみたいに。

「あん、すごいわ。タマタマがお腹の中に入っちゃいそう」

下腹にめり込みそうな睾丸《こうがん》を、しなやかな指がほじくり出す。それも目のくらむ快美をもたらし、限界が迫ってきた。

「う、う、ううう、で、出る。いく」

脳が蕩け、何も考えられなくなる。隆夫は悦楽の波に押し流され、頂上へと昇りつめた。

「う――くあぁっ」

声をあげると同時に、ペニスの中心を熱いものが貫く。からだがバラバラになりそうな愉悦を伴って。

「んっ」

噴出を受け止め、由佳里が身を強ばらせる。それでも、次々と溢れ出る粘液を、舌を回していなした。

（……ああ、すごく出てる）

ペニスの脈打ちが止まらない。ザーメンがドクドクと、際限なく吸い取られるようだった。

「あふっ」

息を吐いて脱力したあとも、からだのあちこちがしつこく痙攣する。いつもならすぐ下降線を辿《たど》るはずなのに、オルガスムスの余韻が長く続いた。

そのせいか、射精の量も多かったようである。

由佳里が顔をあげる。力を失いつつある分身があらわになり、それは小泡混じりの唾液でべっとりと濡れていた。

彼女は口に溜まったものを持て余しているふうであった。どうしようというふうに、左右をきょろきょろ見回す。

「いいよ。吐き出して」

隆夫は喉をゼイゼイと鳴らしながら告げた。ここは外なのであり、そこらに出してても支障はない。

ところが、二十八歳のＯＬは何を思ったか、顔を上に向けた。そして、喉を上下させたのである。

（え、まさか）

隆夫が驚いて見つめる前で、ふうと息をつく。青くさい牡汁を、すべて胃に落としたのだ。

「あら、飲んじゃったのね」

玲子が丸っきり他人事のように言う。元はといえば、彼女がけしかけたというのに。

隆夫はチェアの背もたれにからだをあずけ、気怠さにまみれて息をはずませた。もう、どうにでもなれという心境であった。

4

　テーブルに載っていたものを、玲子が片付ける。玄関の中に運んで、ランタンだけチェアの上に置いた。

（もうお開きなのかな……）

　未だ虚脱感にまみれたまま、隆夫はぼんやりと考えた。飲み物も食べ物も残っているのにと。

「由佳里さん、こっちに来て」

　呼ばれて、年下のＯＬがきょとんとした顔を見せる。彼女は隆夫をイカせたあと、チェアに戻って缶チューハイを飲んでいたのだ。べつに、口内をアルコール消毒するためではないのだろうが。

「え、なんですか？」

「今度は由佳里さんが気持ちよくしてもらう番よ」

「わたしが？」

　立ちあがって玲子のほうに足を進めたものの、何をするのか理解していたわけではなさそうだ。

「じゃあ、ここに伏せて」

年上の女が命じる。

「え、伏せるって?」

「上半身を乗せるのよ」

言われて、由佳里は素直に従った。居眠りをするときみたいにテーブルの上に両肘をつき、組んだ腕の上に顔を乗せる。椅子《いす》に坐っているわけではないから、ワンピースに包まれたヒップを後ろに突き出した格好だ。

「ねえ、彼氏と最後にエッチしたのっていつ?」

脇に立った玲子の質問に、

「ええと……二ヶ月前かしら?」

由佳里は素直に答えた。ふたりがかりで男をイカせたあとであり、その程度の質問はどうということはなかったのであろう。

「そんなに会ってなかったの?」

「そうじゃないですけど、会ったから必ずするってものでもないし。わたしが生理とかで、タイミングが合わないこともありますから」

「まあね。そうすると、今日は久しぶりにエッチするんだって、張り切ってたんじゃない？」

この問いかけに、由佳里は何も答えなかった。否定しないということは、沈黙で肯定したわけである。

「そっか。だから牧瀬さんの精液を飲んだのね。男が欲しくて、からだが疼《うず》いちゃってたから」

「ち、違います！」

由佳里が声を荒らげる。さすがに認めるわけにはいかなかったようだ。

「いいのよ、べつに。大人の女だったら、それが普通なんだから」

玲子は勝手に決めつけると、由佳里のワンピースの裾を摑み、いきなり腰までめくり上げた。

（わ――）

隆夫は一気に目が覚めたみたいに、思わず前のめりになった。ランタンの明かりに照らされて、剝き身のヒップがあらわになったからだ。

（え、穿いてないのか？）

ノーパンだったのかと思えばそうではなく、Ｔバックだった。

「ほら、こんないやらしい下着を選んだってことは、エッチする気マンマンだったんじゃない」

「ちょ、ちょっと、ヤダ」

由佳里は抗う素振りを示したものの、めくられたワンピースはそのままだ。淫らな状況にどっぷりとつかって、羞恥心も薄らいでいるのではないか。

(じゃあ、あのときの玲子さんも、最初からおれとするつもりだったのか?)

初めて交わった先週末、彼女もTバックを穿いていたのだ。

「あひッ」

鋭い嬌声がほとばしる。玲子の右手が、年下の股間に触れていた。

「ほら、もう湿ってるじゃない」

「ああん、ダメぇ」

「正直に言いなさい。気持ちよくなりたいんでしょ?」

「あ、あ、ああっ」

洩れる声に合わせて、ふっくらした双丘がぷるぷると震える。バツイチ美女の指が、細い布越しに敏感なところを刺激しているようだ。

(玲子さん、女同士でも平気なのか?)

レズではないにせよ、バイセクシャルなのか。それとも、直に触れているわけではないし、この程度のスキンシップは女同士なら普通にあることなのか。

「ねえ、ここ、牧瀬さんに舐めてもらう？」

由佳里はまたも答えず、ハァハァと息をはずませるだけであった。これもイエスの意思表示なのか。

「牧瀬さん、来て」

玲子に呼ばれ、隆夫は反射的に立ちあがった。さっき脱いだズボンとブリーフは足首に止まったままで、転びそうになりながらも、どうにかふたりのそばに近づく。

由佳里のパンティはベージュに近い桃色だった。ただでさえ面積が狭いから、穿いていないように見えたのである。

「これ、脱がしてあげて」

そう言って、玲子が股間の指をはずす。陰部に喰い込む桃色の細身は、陰になっていても湿っているのがわかった。

おまけに、そこから蒸れた女くささがたち昇ってくる。

（なんていやらしいんだ）

夜だし、誰の目も届かない山の上だとは言え、戸外で尻をまる出しにするなんて。おまけに、これから秘められたところまであらわにするのだ。

もっとも、そうさせるのは隆夫なのであるが。

真後ろに跪き、Tバックのゴムに指をかけると、由佳里が「ああん」と嘆く。けれどそれは、かたちばかりの恥じらいであったろう。あとはまったく抵抗しなかったのだから。

そのため、股間を最小限しか隠さない薄物を、隆夫は難なく引き下ろすことができた。

むわ――――。

外気に晒された陰部が、チーズに似た媚薫を放つ。ほんの少ししか隠れていなかったのに、匂いは何倍も濃くなった。

ランタンの明かりが陰影を濃くしている上に、由佳里は秘毛が密集しているらしい。女芯の佇まいはよくわからなかった。脱がす前に確認しなかったが、そのときから毛がはみ出していたのではないか。

「ほら、舐めてあげなさい」

玲子に命じられ、隆夫は熟れはじめという風情のおしりに顔を埋めようとした。

ところが、寸前で割れ目がキュッと閉じる。

「あ、待って」

この期に及んで、由佳里が中止を求めた。

「どうしたの？」

玲子が訊ねると、彼女は丸みをモジモジと揺すった。

「だって……そこ、洗ってないのに」

今さら匂いや汚れが気になったようだ。

「あら、平気よ。だって、牧瀬さんはくさいオマンコをクンクンしたり、ペロペロしたりするのが好きだから」

酷《ひど》い言いぐさに、隆夫は顔をしかめた。

（……玲子さん、根に持ってたんだな）

囲炉裏の脇で、予告もせずクンニリングスに及び、生々しい秘臭や味を堪能したのである。あれは彼女にとって恥辱だったのか。

（ていうか、玲子さんだって洗っていないチンポをしゃぶったのに）

一方的に変態扱いされるのはフェアではない。思ったものの口には出せず、隆夫は胸の内で憤慨した。

ともあれ、玲子の発言は、かえって由佳里を居たたまれなくさせたのではないか。アソコがくさいと指摘されたにも等しいのだから。

「いやあ、もう」

案の定、若いＯＬがイヤイヤをするようにヒップを振り立てる。これでは埒《らち》が明かないと、隆夫は両手で双丘を摑み、尻割れに鼻面をねじ込んだ。

（おお、すごい）

鼻奥にガツンとくる酸味臭に、頭の芯が痺れる心地がする。熟成された汗の匂いが、特に強くなったようだ。

「キャッ、ダメっ！」

悲鳴があがったのもかまわず、伸ばした舌を湿地帯に這わせる。途端に、艶腰が電気を浴びたみたいに痙攣した。

「ああ、あ、いやぁ」

抵抗が弱まり、臀裂が開く。隆夫は柔尻にいっそう密着して、かぐわしい恥苑を丹念にねぶった。

粘っこくて温かな蜜が、秘穴からトロリと溢れる。それは中に溜まっていたもののらしい。玲子が言ったとおり、ずっと肉体が疼いていたのではないか。

（いやらしいひとだ）

とは言え、軽蔑はしない。素直なところを見せてもらえたほうが、愛撫のし甲《が》斐《い》があるというもの。

舌を律動させると、由佳里は乱れだした。

「ああ、あああっ、そ、それいいッ」

よがり声が夜の静寂《しじま》を破る。ここが無人の集落でよかったと、隆夫は心から思った。一番近い家は二百メートルほど下ったところであるが、そこまで聞こえるかもしれない。

「くうう、も、もっとぉ」

彼女は感じやすいばかりでなく、クンニリングスがかなり好きそうだ。舌の動きに同調して、恥割れがきゅむきゅむとすぼまるのである。

（彼氏にも舐めてもらってたんだろうな）

あるいは、してほしいのに、望んだほどにはしてくれなかったとか。だからこそ、会ったばかりの男の奉仕も受け入れられるのではないか。

（他の女にうつつを抜かすような最低男とは、別れればいいんだ）

してほしいのなら、自分がいくらでも舐めてあげるという思いを込めて、隆夫は慈しむように秘苑を味わった。最初はわずかにあった塩気も薄らぎ、味がなくなっても変わらぬ舌づかいで攻める。

「あん……き、気持ちいい」

泣くような声で悦びを訴えるのがいじらしい。

さっきは隆夫もフェラチオをされた。情愛のこもった舌づかいで昇りつめ、精液も飲まれたのである。

お返しに、どんなことでもしてあげたいという思いが強まる。もっと感じさせてあげたいし、イカせてあげたかった。

隆夫の鼻の頭は、谷底のツボミに当たっていた。ほんのちょっぴり、恥ずかしいプライベート臭が感じられたが、嗅いでいるうちに消えてしまった。付着物が匂ったのではなく、密かに洩らしたガスの名残だったのだろう。

それがもの足りなかったこともあり、秘肛を舐めたくなったのである。クンニが好きなら、そちらも受け入れてくれるのではないかと思った。

短い会陰を舌で辿り、放射状のシワをちろりと舐める。

「あんっ」

由佳里が声をあげ、臀部をビクッと強ばらせる。何をされたのかわかったはずだが、玲子のように逃げることも、非難することもなかった。

ただ、意図的ではなく、事故だったと捉《とら》えた可能性もある。さらにチロチロと舐めくすぐると、「あ、あっ」と快さげな声がはずんだ。

「うれしい……そんなところまで舐めてくれるの？」

感激した声音に、隆夫も嬉しくなった。舌をねちっこく動かし、中心をほじるようにする。

「あ、それもいいっ」

すぼまりがヒクヒクと、心地よさげに収縮した。

「え、どうしたの？」

玲子が覗き込んでくる。

「牧瀬さんが、おしりの穴を舐めてくれてるんです」

「ええっ!?」

由佳里の報告に、彼女は本気で驚いたようだ。洗っていないからということばかりでなく、そもそも肛門は舐めるところではないという意識が強いらしい。だから隆夫に舐められたとき、キツく咎めたのだろう。

ところが、由佳里が快感をあらわにしたから、気になったらしい。

「そんなに気持ちいいの？」

困惑をあらわに問いかける。

「はい、とても。わたし、ホントは彼氏にもしてもらいたかったんです。だけど、クンニですらそんなにしてくれなくて……わたしは求められなくても、フェラしてあげたのに」

思ったとおり、身勝手な彼氏だったのだ。

「どんなふうに気持ちいいの？」

「どんなふうにって——おしりの穴がムズムズして、くすぐったいだけじゃなくてキュウウッとするみたいな」

その説明は、玲子を納得させられなかったようである。上目づかいで確認すると、バツイチ美女は難しい顔で、眉間に深いシワを刻んでいた。

ただ、いたく興味を惹かれたふうではある。

(三芳さんがもっと感じれば、玲子さんもしてほしくなるかも)

だったら尚のこと励まねばならない。ピチャピチャと音が立つほどに舌を躍らせると、由佳里がいっそう乱れた。

「そこっ、そこッ、あああ、も、もっとぉ」

貪欲に快楽を求める姿に煽られ、萎えていたペニスに血液が舞い戻る。

「むふッ」

隆夫は太い鼻息をこぼした。脇に膝をついた玲子が、ふくらみつつある秘茎を握ったのである。

「由佳里さんのお口にいっぱい出したのに、もう大きくなってるじゃない」

ゆるゆるとしごかれ、快美に目がくらむ。それでも、懸命に可憐なツボミを攻め続けた。

「おしりの穴を舐めて昂奮してるのね。ヘンタイなんだから」

玲子はなじりながらも指を細やかに動かし、くすぐったい快さを与えてくれる。おかげで、その部分が勢いを取り戻した。

（うう、気持ちいい）

手淫奉仕でがっちり根を張った筒肉が、雄々しく脈打つ。快感を与えられることで興に乗った隆夫の、ねちっこいアナル舐めとクンニリングスで、由佳里はあられもなくよがった。

「はうう、か、感じすぎるぅ」

ヒップを上下にはずませ、上半身を乗せたテーブルをギシギシと軋ませる。

（よし、もうすぐだな）

隆夫は、このまま頂上まで導くつもりであった。ところが、彼女は別のものを欲しがったのである。

「ね……な、舐めるのはもういいから、挿れてください」

声を震わせてのおねだりは、明らかにセックスを求めていた。彼氏のことを、完全に吹っ切るつもりでいるらしい。

玲子にしごかれていた隆夫も、心地よい濡れ穴に挿入したかった。なのに、しつこく陰部に顔を埋めていたのは。由佳里にもっといやらしいことを言わせたかったからである。

包皮を脱いだクリトリスを吸いねぶれば、臀部がビクビクと痙攣する。多量に溢れる蜜は、隆夫の口許から顎にかけてをべっとりと濡らした。

「はうう、じ、焦らさないで、オチンチンちょうだい」

嗚咽交じりに求められ、さすがに可哀想になった。

「意地悪しないで、これを挿れてあげなさい」

玲子にも促される。

（よし、もういいか）

口をはずすと、由佳里が「はあ」と息をつく。尻の谷から秘苑にかけて、唾液と愛液がすき間なくまぶされていた。

隆夫が立ちあがっても、玲子は屹立を握ったままであった。もう一方の手で同性の秘割れをくつろげ、その狭間に亀頭を導く。

「ここよ」

こちらが年上なのに、何も経験がないみたいに扱われるのは気恥ずかしい。ただ、その部分は影になっていたから、入るところを指示してもらえたのはありがたかった。

二十八歳の臀部を両手で固定すると、筒肉の指がはずされる。隆夫はひと呼吸置いて、狭穴に分身を送り込んだ。

「あふぅうぅっ」

由佳里が首を反らし、着衣の上半身をワナワナと震わせる。尻の谷がすぼまり、ペニスが熱い締めつけを浴びた。

（うう、入った）

下腹と艶尻が合わさるまで進み、腰をブルッと震わせる。甘美な快さが、全身に行き渡った。

「あうう、いっぱい」

どこか苦しげな声に続き、膣口が肉根をなまめかしく締める。高まった悦びに、隆夫も身をくねらせた。

この地に来てから、交わるのは三人目だ。いよいよ異性運は本物のようである。ただ、生涯の伴侶《はんりょ》は、未だ見つかっていない。

(三芳さんも、おれのことが好きになったから、からだを許したわけじゃないんだよな)

次の恋に進むための、踏み台になったようなものか。玲子も快感が得られればそれでいいようだし、自分は単なるお向かいさんでしかない。よくてセフレというところか。

一抹の虚《むな》しさを覚えつつ、とりあえず今は気持ちよければいいと、腰を前後に振る。強ばりきった肉槍で貫けば、女体の内部がどよめいた。

「あ、あ、いいっ、オチンチン硬いのぉ」

あられもないことを口走り、由佳里がハッハッと呼吸を乱す。落ち着かなく揺れるヒップに、隆夫は気ぜわしいピストンを繰り出した。

ずっ、ニチュ――。

しつこくねぶられた蜜穴が、卑猥な粘つきをこぼす。内部に溜まっていたラブジュースが、脇からぢゅぷりと押し出される感じもあった。

「あん、いやらしい」

隣から声がする。玲子が男女の営みを見物しているのだ。

(そう言えば、玲子さんは今晩、何もされてないんだよな)

ペニスと陰嚢を、手と口で愛撫しただけだ。自身はパンティすら脱いでない。今も生々しい交わりを目にしながら、何を思うのだろう。自分もされたいと、秘苑を濡らしているのではないか。

(これが終わったら、求めてくるかもしれないぞ)

だったら、今は出さないほうがよさそうだ。中で射精していいと言われていないし、そもそも先刻、たっぷりと放精したばかりである。ここで果てたら復活は難しいかもしれない。

まあ、先週は玲子ひとりを相手に、一晩で三回も射精したのであるが。しかも、泊めてもらった翌朝に、また交わったのだ。

今夜は女性がふたりいる。さっきのように代わる代わる奉仕してもらえれば、復活するのは難しくないだろう。

それでも、無駄撃ちをしないほうがいいなと気を引き締め、隆夫は下腹を打ちつけた。尻肉とぶつかり、パンパンと小気味よい音を立てるほどに。

「ああ、ううう、ふ、深いのぉ」

蜜窟を掘り返され、由佳里が身を震わせてよがる。肉体は女として花開き、セックスの歓びを享受できるまで開発されているようである。

（いいよ。もっと感じて）

声を出さずに呼びかけながら、強ばりを抽送する。ストロークを長くすることでピストンの速度は落ちたものの、快感は反比例して大きくなったかに見えた。

「くうう、き、気持ちいい」

両手で固定した臀部が、汗ばんでしっとりしてくる。夜になって気温は下がったはずながら、女体と肌は熱を帯びていた。

隆夫も額に汗を滲ませて、蜜穴を深く深く突いた。

「あ、イキそう」

由佳里が極まった声を洩らす。膣内がさらに熱くなり、全体に蕩けてきたのがわかった。

（もう少しだ）

彼女が感覚を逸らさぬよう、ピストンのリズムを一定に保つ。それにより、順調に頂上への階段を上るはずだ。

いよいよその瞬間が迫り、若腰が暴れ出す。

「ダメッ、い、イクイクイク、イッちゃう」

杭《くい》打たれるのもかまわず、ぎくしゃくと予測できない動きを示す女体に、隆夫は必死で食らいついた。

「あふううう、だ、ダメ、イクぅうううっ！」

オルガスムスを迎えた由佳里が、ひときわ大きな声を放つ。引き込まれ、隆夫も爆発しそうになったが、どうにか堪えた。

「あ、あふ、うふふぅ」

深い呼吸のあと、彼女は脱力してテーブルに突っ伏した。

「ふう」

安堵のため息をつき、隆夫はゆっくりと退いた。膣口からはずれ、勢いよく反り返ったペニスが、下腹をぺちんと叩《たた》く。

筋張った肉胴には、白い濁りがトロミのごとく付着していた。摩擦で泡立った愛液には、カウパー腺液も混じっていたであろう。そこからセックスの淫らな匂いがたち昇ってくる。

　すると、脇にいた玲子が前に膝をつく。牝汁に濡れた強ばりを摑み、躊躇せずにしゃぶりついた。

「くうう」

　隆夫は腰をわななかせ、ハッハッと呼吸を乱した。射精こそしなかったものの、分身はかなり敏感になっていたのだ。

（ああ、そんな）

　汚れた肉根を丁寧にしゃぶり、舌でクリーニングを施してから、玲子が口をはずした。

「由佳里さんの中に出さなかったのね」

　確認して、はにかんだ笑みをこぼす。色っぽくも愛らしくて、隆夫は胸を高鳴らせた。

「いや、許可をもらってなかったし」

「賢明な判断よ。由佳里さんは夢中だったみたいだし、中に出していいか、訊いてもちゃんと答えられなかったでしょうね」

　なるほど、そうかもしれないと、隆夫はうなずいた。玲子に褒められたのも、素直に嬉しかった。

「でも、牧瀬さんは、まだまだ出したいんでしょ？」

「そりゃ、まあ」

「だったら、家の中で続きをしましょ。外だとできることも限られてるし、ちゃんと服を脱いで抱き合いたいわ」

たしかに、ここでは立ちバックぐらいしかできない。互いの肌のぬくみを感じるのも難しかった。

「うん。それがいいね」

隆夫が同意すると、玲子が恥ずかしそうに目を伏せる。

「あと、牧瀬さんにお願いがあるんだけど」

「え、なに？」

「わたしの……おしりの穴を舐めてくれる？」

熟れ腰をモジモジさせてのお願いに、隆夫は軽い目眩《めまい》を覚えた。

（可愛いな、玲子さん）

やはり由佳里が感じているのを見て、自分もされたくなったのだ。

「もちろん。いっぱい舐めてあげるよ」

隆夫は笑顔で答えた。

「バカ、調子に乗らないで」

照れ隠しで咎めるのも愛らしい。

「おしりの穴を舐める代わりに、条件があるんだけど」

「え、なに？」

「舐める前に、シャワーを浴びるのは禁止だよ」

これには、玲子もさすがにあきれたらしい。

「まったく、ヘンタイなんだから」

なじる声は優しかった。

第四章　リベンジキャンプ

1

畑の畝に、植えたばかりの苗が規則正しく並ぶ。

（よし、できた）

隆夫は額の汗を拭い、満足して笑みを浮かべた。

とりあえず畝を三本こしらえ、キュウリとトマト、ナスの苗を植えた。夏にはそれらの野菜が収穫できるはずである。

東京と玉虫集落を行き来する生活にもすっかり慣れ、ふたつの住処をうまく活用できるようになった。東京は本宅、こちらは別宅のつもりであったが、今では両者が対等と言えた。

どちらが楽しく、充実しているかと言えば、もちろん山の暮らしである。好きなことをして、身も心もリフレッシュできる。おかげで、東京での仕事も集中して取り組めた。

もうひとつ、こっちでのいいところと言えば、ずばりセックスだ。お相手は遠くのお向かいさん、玲子である。

週末は道路が混むからと、彼女はもともと平日に玉虫集落を訪れることが多かった。けれど、隆夫が土日に来るとわかって、毎回ではなくても、それに合わせてくれるようになったのだ。

隆夫は玲子の家庭菜園作りを手伝い、薪割りなど、男手が必要な作業もこなした。彼女はお礼にと夕飯をご馳走してくれ、そのときは薪で焚いた風呂にふたりで入り、夜はひとつの蒲団で眠った。

とは言え、寝つくのは肉体を激しく求め合ったあとだ。また、玲子が隆夫の家に泊まることもあった。

ただからだを重ねるだけなら、東京と横浜にいるときだってできるだろう。電車を使えば、おそらく一時間とかからぬ距離にいるのだ。仕事のあとで会うことも可能なはず。

しかし、そっちでの逢瀬《おうせ》は、ただの一度もない。お互い、どこに住んでいるのかすら知らなかった。

東京と横浜は、日常を送る場所である。玉虫集落は、日常から離れた聖域とも言えよう。ふたりの関係は非日常のものだから、こちらで交わることのみが許されるのだ。

べつに、両者で示し合わせたわけではない。暗黙の了解というか、自然とそういう空気が醸成されたのである。

だからこそ、週末に会ったときには、欲望のままに快楽を求められるとも言える。玲子の大胆な振る舞いは、別れた夫との営みでは決して見せなかったものではないのか。

それこそ、おしりの穴を舐めさせたり、どこでもかまわず交わったりなんていうのは。

玲子の家で、家庭菜園作りを手伝っていたときだ。ついたわわなヒップに見とれていたら、彼女も淫らな気分になったらしい。

抱き合って唇を交わし、互いをまさぐり合う。そのまま外で下半身をまる出しにし、立木にしがみついた女体をバックから貫いたのである。

また、由佳里が彼氏と別れた件を報告しに再びやって来たときには、また三人で快楽を貪った。

すっかり吹っ切れた様子の若いＯＬは、年上の女とも唇を交わし、シックスナインで秘部を舐め合った。箍《たが》がはずれ、欲望に忠実になったらしい。

淫靡なレズプレイに煽られて、隆夫も激しく勃起した。重なったふたりの女芯に、交互に肉根を突き入れたのである。

そんなふうに、肉欲のみの繋がりを続けていたら、恋愛感情を抱くのは難しくなる。もとより、玲子にはそのつもりがなかったようだ。愛の言葉をせがむことなく、硬くなったペニスのみを求めた。

山の家を買って以来、異性運がよくなったのは間違いない。ただ、心から満たされているのかと言えば、そうとも言い切れなかった。

おそらく、なまじ複数の女性と親密な関係を持ったせいだろう。やっぱり結婚したいと、さらに上の段階を求めるようになったのだ。

玲子との関係を改めるべきなのか。隆夫はふと思った。セックスは気持ちいいけれど、それだけというのは虚しい。

(一度、正式にプロポーズしてみようかな)

結婚を申し込んで、彼女がどういう気持ちでいるのか、確認したらどうだろう。そんなつもりはまったくないことがはっきりしたら、他の女性を探せばいいだけの話だ。

けれど、そうした場合、玲子との関係が終わってしまう恐れがある。からだけと割り切っていたのに、恋慕の情や結婚願望を示されては、今後も続けるのは難しいからと。

そんなことになったら、きっと後悔するだろう。彼女と一緒にいることで、様々なことから解放されるのも間違いないのだから。

自分は我《わ》が儘《まま》なのだろうか。ヘタに満たされたものだから、あれもこれもと欲しがって、すっかり贅沢になったのかもしれない。

まあ、満たされない期間が長かった反動とも考えられるが。

（結局、これまでどおりにするしかないのかな……）

畑を前に、隆夫はふうとため息をついた。

今日は、玲子は来ないはずである。昼間メールがあったのだ。夜は友達と会うからと。

それが女友達なのか、あるいは別のセックスフレンドなのかはわからない。仮に男であるとわかっても、嫉妬《しっと》心が湧かない気がする。そもそも彼女を独占できる立場にないのだ。

ただ、会えないことが妙に寂しいのも事実。

（おれ、やっぱり身勝手だな）

やれやれと思いつつ、土で汚れた軍手をはずす。まったくもって優柔不断だし、結婚なんて一生無理ではないか。

退職後は、この家で独り寂しく暮らすことになるのだろうか。あまり明るくない未来の光景が浮かびかけたとき、自動車のエンジン音が聞こえてきた。

（あっ――）

落ち込みかけた気持ちが、V字ターンで上向く。きっと玲子だ。

あるいは約束がなくなって、驚かせようといきなり来たのか。彼女との関係を改めるべきではないかと悩んだことも忘れて、隆夫は相好を崩した。

ところが、道のほうに見えたのは、覚えのある赤い軽自動車ではなかった。車体のサイズは一緒ながら、色は白。遠目でも、けっこう古いとわかる。マフラーに穴でもあるのか、エンジン音もかなり大きかった。

（え、誰だ？）

玲子以外に、ここへ車で来る者などいない。週末の時間指定で、通販の配達を頼んだことはあったけれど、どう見ても宅配業者ではなかった。

訝りつつも見守っていれば、運転も危なっかしい。

慣れていない道だからというより、運転技術そのものが未熟なようだ。カーブなど、明らかにおかしなタイミングでハンドルを切っている。ガードレールもない山道ゆえ、おっかなびっくりになるのも無理はないのだが。

（もしかしたら、迷い込んだだけなのかもしれないぞ）

山菜採りのシーズンは過ぎたし、ドライブ途中で好奇心のまま山道に入ったら、Uターンもできずにそのまま上がってきたのだとか。

よたよた運転の白い軽は、どうにか家の前まで辿り着いた。単に迷ったのなら、そこでUターンをして来た道を戻るはずだが、エンジンを切ったからウチに用事があるらしい。

隆夫は首をかしげつつ車に近づいた。

ドアが開いて、運転手が出てくる。カーキ色の地味な上下を着た、若い女性だ。

「あっ」

隆夫は思わず声をあげた。見知った顔だったからだ。

彼女もこちらを見て、ニッコリと笑う。

「こんにちは、牧瀬さん」

かつて、ソロキャンプをしに玉虫集落を訪れた、美咲だった。瞬時に、あの夜のめくるめくひとときが蘇り、隆夫は浅ましく唾を呑み込んだ。

「こんにちは……あれ、運転免許を持ってたの？」

「はい。高校を卒業して、すぐに取ったんです。オートマ限定ですけど」

「だけど、このあいだはバスで来たって」

「そうなんです。車を貸してもらえなくって」

「え、貸してもらえないって？」

訊ねると彼女は気まずげに肩をすくめた。

「実は、免許をもらったその日に、お父さんの車を借りたんですけど、車庫から出すときに側面をこすって、大きな傷をつけちゃったんです。そのせいで、あたしにはもう絶対に貸さないって叱られて。運転するならレンタカーか、自分で車を買いなさいって言われてたんです」

いくら初心者でも、車庫から出すだけで傷をつけるなんてあり得るのか。それはもう、免許を与えたこと自体が間違いだという気がする。

「でも、レンタカーだと傷をつけたら、弁償しなきゃダメじゃないですか。だから、自分の車を買おうって、お金を貯めてたんです」

「じゃあ、この車は美咲ちゃんの？」

「はい。二週間前に買ったんです。また傷をつけるかもしれないし、安い中古車でいいかなって。でも、練習をいっぱいしたおかげで、まだどこにもぶつけてません」

　美咲は得意げに胸を張った。

（なるほど、ずっとペーパードライバーだったから、危なっかしかったんだな）

　山道を上ってくるときの運転ぶりを思い返し、隆夫はうなずいた。それでも、ぶつけてないだけマシだし、頑張ったと言えよう。本人の弁のとおり、かなり練習したのではないか。

「でも、家はT市だったよね。ここまで距離があったんじゃない？」

「はい。事故だけは起こさないように、安全運転でノロノロ走ってたから、かなりの車に抜かされました」

「そうまでして、どうしてここに？」

　ひょっとして、おれに会いたかったのかと期待を込めて訊ねる。すると、彼女はにこやかに答えた。

「もちろん、リベンジするためです」

「え？」

「あの日失敗したソロキャンプを、今日こそ成功させるんです」

目をキラキラさせての宣言に、隆夫は気圧された。そのため、

「知らないひとの土地に入ったらまずいですから、牧瀬さん、お庭を貸していただけますか？」

お願いされ、すぐさま了承してしまったのである。まあ、断る理由など、どこにもなかったけれど。

2

テントなどのキャンプ用品を、美咲は車に積んでいた。後部座席を畳んで、荷物が多く置けるようにしていたのだ。けっこうな量があったから、バスで来るのは不可能だったろう。

（着の身着のままだと何もできないって、前回で学んだんだな）

とは言え、道具が揃っていれば、必ずできるというものでもない。テントを張ることから始まり、煮炊きもするとなれば、相応の技術が必要なのだ。そういう素養が何もなかったから、前のときに散々な目に遭ったのである。

引っ張り出されたテントは、かなり使われた形跡があった。

「これも中古を買ったの？」

訊ねると、美咲は「いいえ」と首を横に振った。

「新品で買いました。そんなに高いものじゃないですけど」

「だけど、けっこう使われてるみたいじゃない」

「練習したんです。ひとりでちゃんと張れるようにって」

どうやら道具を揃えただけではなく、事前に予行演習もしたらしい。事実、美咲は少しも迷いなく、てきぱきとテントを広げた。

「え、これは何？」

テントより先に、彼女が厚手のブルーシートのようなものを地面に敷いたのである。

「グランドシートです。テントの底に傷がつくのとか、あと、汚れや濡れるのを防ぐものなんです」

「へえ」

そういうものがあると、隆夫は初めて知った。

「実はこれ、あたしが作ったんです」

「え、作った?」

「ブルーシートを二枚重ねて、あいだにポリエチレンのシートを挟んだんです。ほら、荷物を送るときに、緩衝材に使われるやつを」

食器や陶器など、割れ物などを包むのに使われるもののようだ。一枚だと薄いが、重ねたらけっこう柔らかいのではないか。

「テントの中にもマットを敷きますけど、グランドシートにもある程度厚みと弾力があったほうがいいかと思って。まだあれこれ試してる途中なんですけど」

あるものを使うだけでなく、自ら工夫するまでに成長したのか。あのときとは丸っきり別人だなと、隆夫は感心した。

(そう言えば、メイクもしてないな)

前回は、服装こそシンプルだったが、他は完全なお出かけスタイルだったのである。今日はすっぴんだし、ネイルの装飾もない。カーキ色の上下も、いかにも作業着というものだ。

そういう、色気とはほど遠い格好なのに、やけに輝いて見える。

あれから美咲は、キャンプのことをかなり学んだようだ。隆夫の手を借りることなく、テントもしっかり設営した。

もちろん、それで終わりではない。

「ええと、石を使わせてもらっていいですか?」

「え、石?」

「そこら辺にあるものでいいんですけど」

「ああ、ご自由にどうぞ」

彼女は庭の隅や家の裏手から、手頃な大きさの石を集めてきた。それをテントから離れたところに、コの字のかたちに積んでいく。

(そうか。かまどにするんだな)

それほど高さはないものの、今日は風もないし、充分であろう。

「ええと」

原始的なかまどをふたつこしらえてから、美咲があたりを見回す。立ちあがり、庭と杉林が接するほうに向かった。

(杉葉を拾うんだな)

焚きつけに何がいいのか、ちゃんとわかっているようだ。

彼女は杉葉や小枝を拾ってくると、車から肥料袋を出した。中には板材の切れ端と思われるものがたくさん入っていた。

「え、それどうしたの？」

「家の近くに製材所があって、そこでもらったんです」

なるほど、薪よりも燃えやすそうだし、こういう場での燃料には打ってつけだろう。費用がかからないのもいいし、エコでもある。

さて、火を熾すのはどうするのかなと見ていると、着火口が棒の先にある、ピストルのかたちに似たガスライターを手にした。

「自分で火を熾すのはやめたの？」

からかうでもなく問いかけると、美咲は「はい」とうなずいた。

「あれこれやってみて、火を点けるのには成功したんですけど、そもそもテントとか他の道具だって使うのに、火だけは自力で熾すのって意味があるのかなって疑問を感じて、結局、ライターでいいんじゃないかって結論になりました」

「うん、それでいいと思うよ。だけど、火を点けるのに成功したって、木の棒を板にこすりつけるとかしたの？」

「こすりつけるっていうか、回転させたんです。軸の棒に、もう一本横棒を使うやつなんですけど。横棒の両端に紐《ひも》を渡して、それを軸に巻きつけて、横棒を上下させて回転させるんです」

まいぎり式と呼ばれる火起こし器のようだ。隆夫も社会教育の野外実習で体験したことがある。巻きついた紐がほどけ、再び巻きつくことでバネのような働きをし、ぶんぶんゴマのように回転が持続するのだ。

「ああ、あれなら火が点きやすいかもね」

「はい。ちゃんと点けられたから、もういいかなって」

賢明な判断だと、隆夫は思った。

美咲はふたつの手作りこんろに杉葉と、その上に小枝と木くずを置いた。ライターで着火すると、間もなくメラメラと燃えあがる。

(火を焚くのもちゃんとできるんだな)

燃料を足し、しっかり燃えたのを確認してから、美咲が家のほうを振り返る。

「あそこの水道、お借りしてもいいですか?」

家の脇に、蛇口がひとつある。下には水受けもあった。

「ああ、いいよ」

「ありがとうございます」

車に積んだ荷物の中から、飯盒《はんごう》が出される。そこに米も入れられた。

美咲は水道で米をとぎ、飯盒を提げて戻ってきた。かまどにどう載せるのかと思えば、車から木の棒を数本出す。

まず三本をセットにして、片側を紐で結わえる。反対側を広げると、簡素な三脚になった。

それをふたつこしらえ、かまどの両サイドに設置する。最後に飯盒の持ち手に棒を通し、ふたつの三脚に渡した。

(すごいな。棒だけで飯盒のスタンドをこしらえるなんて)

三脚にするために棒を結わえたのも、ちゃんとした縛り方を勉強したのが窺える。キャンプだけでなく、野外活動のあらゆることを学んだのではないか。

「美咲ちゃん、ずいぶん勉強したんだね」

「そんなことないです。まだまだ実践が伴っていないですから。これも本当は、自分で枝とかを切って作りたかったんですけど」

彼女は謙遜《けんそん》したが、何もできなかった前回を知っているだけに、成長の著しさに感動すら覚えた。

(これはもう、リベンジ成功と言っていいんじゃないか?)

本人が理想とする域には、まだ辿り着いていないのかもしれない。だが、この調子なら、近いうちに達成できそうだ。

かまどはもうひとつ残っている。そっちは何を作るのかと思えば、美咲が鍋と食材を車から出してきた。

「何を作るかわかります？」

すでにカットした野菜が、ファスナー付きのビニールバッグに入っている。ジャガイモとニンジン、それからタマネギのようだ。豚肉の細切れのパックもある。

「わかった。カレーだね」

「ご名答。キャンプといえば、やっぱりカレーですからね」

ソロキャンプであれば、おつまみっぽい一品料理をこしらえて、ビールを飲むのが定番ではないのか。飯盒でご飯を炊くこともないだろう。

「ひょっとして、おれにご馳走するために、カレーを作ってくれるの？」

訊ねると、若い娘が恥じらった笑みをこぼす。

「はい。このあいだのお詫《わ》びと、お礼も兼ねて」

もっとも、隆夫とて別の意味で、美咲には世話になったのである。最初の恋人と別れて以来、久しぶりに異性と濃密な夜を過ごせたのだから。

そして、二週間後には玲子と出会い、翌週には深い関係になった。その後、由佳里もここへやって来たが、すべての始まりは美咲だったのだ。

（おれがいい目に遭ってきたのは、この家を買ったからじゃなくて、美咲ちゃんのおかげなのかも）

彼女が幸運の女神なのだと思えてくる。

「野菜も切ってきたんだね」

「そのほうが楽ですから。もちろん、自分で切ったんですよ」

インスタントラーメンですら隆夫に作らせたのが嘘のよう。実家住まいで家事も親任せだったのを、あれから自分でもするようになったのではないか。

ところが、いざカレーを作ろうとして、美咲が「ああっ！」と声をあげる。

「え、どうかしたの？」

「カレールーを忘れてきたんです」

彼女が泣きそうに顔を歪めた。

「どうしよう。牧瀬さんのところにありませんか？」

「ええと、レトルトのカレーなら」

「それだと作れないわ。買ってくるしかないかしら」

町まで行って戻るのなら、一時間とかからないであろう。美咲は運転に慣れていないから、自分が代わりに行くしかないかと思ったところで、

「あ、そうだ」

別の案が閃《ひらめ》いた。

「え、何ですか？」

「これ、肉じゃがにしたらどうかな？　醤油や砂糖ならウチにあるし」

「肉じゃが……あ、なるほど」

美咲も表情を輝かせた。

「ビールがあるから、肉じゃがならおつまみになるし、ご飯のおかずにだってなるよ。カレーが食べたいなら、ウチにあるレトルトを温めればいいし、両方味わえてお得だもの」

「そうですね。肉じゃがならあたしも作れます。うん、そうしましょう」

ミスが帳消しになるばかりか、夕餉《ゆうげ》も豪華になるのだ。彼女は嬉しそうに同意した。

「やっぱり牧瀬さんは頼りになります」

感謝と尊敬の眼差しを向けられ、照れくさくなる。

「それじゃあ、調味料を持ってくるよ。あと、ビールも」

「はい、お願いします」

赤くなった顔を見られないよう、隆夫は急いで家に入った。

（ええと、砂糖と醤油と——）

他にみりんと、日本酒も用意する。日本酒は調味料に使うだけでなく、ビールに飽きたら飲むつもりだった。

つまみになりそうなものも冷蔵庫から出し、それらと缶ビールを段ボールの空き箱に入れ、美咲のところへ戻った。

「お待たせ」

「ありがとうございます」

見ると、空いていたほうのかまどに焼き網が置かれ、水と材料の入った鍋が載っていた。あとは味つけをすればいいだけだ。

「椅子とテーブルもあったほうがいい？」

「あ、お願いします」

バーベキューのときに使ったテーブルとチェアを、隆夫は納屋から出した。美咲は背もたれのない小さな腰かけを持参していたが、それはかまどでの作業に使うようだ。

美咲が肉じゃがの味つけをしてから、テーブルに着いて缶ビールで乾杯する。

「お疲れ様」

「お疲れ様です」

ふたりはコクコクと喉を鳴らし、同時にはーっと息をついた。ぴったりのタイミングだったものだから、顔を見合わせて笑う。

時刻はすでに夕方でも、日が長くなっているからまだ明るい。しかも外だから、ビールが旨かった。

「これ、食べる？」

隆夫は冷蔵庫から出してきた瓶をテーブルに置いた。

「何ですか？」

「ワサビ漬けだよ」

「え、ワサビって、あのワサビ？」

美咲が目を丸くする。おそらく、刺身や寿司で使う緑色のものが浮かんでいたのだろう。

「一般的なワサビは、大きな根っこをすりおろしたものだけど、これは裏の山で採れた自生のやつで、葉っぱや茎を醤油漬けにしたんだよ。根っこはそんなに大きくなくて、いちおうすりおろして入れてあるけど」

「へえ」

興味が湧いたらしく、瓶を手にして蓋を開ける。匂いを嗅いだ瞬間、

「キャッ」

彼女は小さな悲鳴をあげた。

「やん、これ、何ですか？」

「だからワサビだよ」

「もう……こんなに匂いが強いなら、最初に教えてくださいよ」

美咲は涙目になっていた。

ワサビを多量に食べると、鼻にツンとくる。この醤油漬けは、香りそのものがワサビ独特の刺激を伴っているのである。

「ごめんごめん。でも、けっこう美味しいんだよ。一度にたくさんだと辛いけど」

「じゃあ、ちょっとだけ」

彼女は箸で摘まむと、恐る恐る口に入れた。匂いほど辛くはないようで、考え込むように咀嚼する。

「あ、美味しい」

目を見開いての、シンプルな称賛。美咲はさらにひと摘まみ口に入れ、

「これ、お酒に合いそうですね」

納得顔で、何度もうなずいた。

「昔、ばあちゃんがこれをよく作ってたんだ。このあいだの山菜の食べ方も、ばあちゃんに教わったんだよ。あと、何が食べられるのかも」

ワサビ漬けのレシピは実家に電話をして、母親に教えてもらった。最初に作ったものは手順がまずかったらしく、香りに刺激がなくて少しも辛くなかったが、ふた瓶目はうまくいった。これは三本目である。

「山菜って、奥が深いんですね。あたしもいろいろと勉強したいです」

「そう？　もうシーズンは過ぎちゃったけど、ウチに来ればいくらでも教えてあげるよ。いっしょに山菜を採るのも楽しいと思うし」

「はい、是非。じゃあ、今はもう山菜は出てないんですか？」

「春の初めがいちばん多いかな。秋にはまた別のものが出ると思うけどね。キノコとかも。ただ、おれはそっちは詳しくないんだ」

「じゃあ、あたしが勉強して、牧瀬さんに教えてあげますね」

それはつまり、一緒に時間を過ごしたいからなのか。十五も年下の娘に、隆夫

はときめきっぱなしだった。

「こういう山菜の瓶詰めみたいなの、他にはないんですか？」

ワサビ漬けが気に入ったのか、美咲がちびちびと食べながら訊ねる。

「ギョウジャニンニクの醤油漬けならあるけど」

「ギョウジャ……あ、それって、ウチのお父さんが好きなやつです」

声をはずませたところをみると、本当にお気に入りらしい。

「だったら、お土産《みやげ》に持って帰る？」

「いいんですか？」

「たくさんあるし、おれはかまわないけど。ところで、家のひとにはどこへ行くって言ってきたの？」

「友達とキャンプをするって言ってあります。たぶん、女友達といっしょだと思ってますよ」

そう言って、彼女が小さく舌を出す。秘密を共有したことで、心臓の鼓動が早鐘となった。

（嘘をついてまで出てきたってことは、美咲ちゃんはおれのことが――）

お詫びやお礼といった儀礼的なことだけが理由なのではなく、また濃密な一夜を過ごすつもりでいるのだろうか。と、期待がいやが上にも高まった。

「だけど、そんなに美味しいなら、あたしも食べてみたいです。ギョウジャニンニク」

おねだりの言葉で我に返る。

「え？　ああ、べつにいいけど。ただ、ニンニクっていうぐらいだから、ニオイがけっこう強いよ」

「え、そうなんですか？　あ、そう言えば、お父さんは大好きなんですけど、お母さんがすごく嫌がるんです。あれ、くさいからなんですね」

美咲はなるほどという顔を見せた。

「まあ、しっかり歯を磨けば大丈夫だと思うけど。食べるなら持ってくるよ」

これに、彼女は「んー」と考えてから、

「やっぱりやめておきます」

あっさり諦める。女の子だから、いくら美味しくてもニンニクくさいのは嫌なのかと思えば、

「今夜のこともあるし……」

と、つぶやいたものだからドキッとした。

（今夜のことって、やっぱりおれと――）

一緒に過ごし、キスだってする予定なのに、お口がクサかったら嫌われると考えたのか。

夜のことをあれこれ想像し、落ち着かない隆夫であった。それでも、肉じゃがが完成してビールがさらに進み、会話もはずんでいい気分になる。

肉じゃがを食べ終えると、鍋にお湯を沸かしてレトルトカレーを温める。飯盒のご飯もうまく炊けて、ふたりはお腹いっぱいになったのであった。

3

テントに泊まるキャンプであれば、風呂やシャワーは基本我慢せねばなるまい。だが、家の庭でやっているのだ。そこまで流儀にこだわる必要はなかった。

シャワーを勧めると、美咲は迷いなくお借りしますと答えた。汗もかいただろうし、女の子としては当然のエチケットであろう。

だが、隆夫は彼女が浴室に入ってから、しまったと後悔した。

（ええい。美咲ちゃんの素敵な匂いが消えちゃうじゃないか）

もっとも、夜もふたりでと決まったわけではない。彼女はテントで寝るようだが、そこまで付き合わせるのは悪いと考えている可能性があった。

そうなれば、一緒にテントで休みたいなんて、こちらからは求められない。

（そもそもあの日のリベンジなんだし、ずっとふたりでいたらソロキャンプにならないよな）

できるところは独りでと、美咲もそのつもりでいるのではないか。実際、しっかり勉強し、事前の練習もしていたのだから。

隆夫も続いてシャワーを使った。浴室内にほんのり漂う、若い娘の残り香を嗅いでうっとりしながら。

そのせいで、自己嫌悪を募らせることになる。

（何をやってるんだよ、おれは……）

美咲は努力して己を向上させ、あの置き手紙で約束したとおり、リベンジを果たしたのである。彼女が頑張っていたあいだ、自分は何をしていたのだろう。

あの日のように、今夜も抱き合いたいという気持ちが、徐々に薄らいでくる。

成長した美咲は以前とは別人のようで、すべてが変わったように思えてならなかった。

いっそあの晩のことも、彼女はすっぱり忘れたいのではないか。四十路前のオジサンとセックスしたなんて、汚点にはなってても思い出にはなるまい。

一方、隆夫は未練たらたらの上、あれから少しも前進していない。バツイチ美女に気に入られていい気になり、快楽を貪っていただけではないか。

現状に甘え、自堕落なまま調子に乗っていたら、玲子にも愛想を尽かされるだろう。いずれはまわりから、誰もいなくなってしまう。

やはり、自分も変わらなければいけない。

（おれはこれから、何をすればいいのかな）

熱めのお湯を浴びながら、隆夫は簡単には答えの出なさそうなことを考えた。

公務員として、日々の業務をこなすのは当然ながら、それ以外にもやるべきことがある気がする。この家だって、老後の住まいとして維持するだけでいいとは思えない。

（もっと頑張らなくちゃ――）

ここまで内省的になるのは、美咲と再会したからだ。彼女の成長ぶりに驚かされ、自分もしっかりするべきではないかという気持ちになったのである。

自堕落になりがちな心を清めるつもりでからだを洗い、まだまだこれからだと気持ちを新たにする。シャワーのあと、洗面所で歯を磨いて脱衣場を出ると、火鉢の脇に美咲がちょこんと坐っていた。

まるで、主人を待っていた子犬みたいに。

「ああ、ええと、もう寝るの？」

訊ねると、「はい」と返事をする。それから、

「牧瀬さんは？」

訊き返され、「おれも」と答えると、彼女が上目づかい見つめてきた。

「え、なに？」

思わず身を構えると、

「あの……いっしょにテントで寝てもらえませんか？」

密かに願っていたことを口にされ、気持ちが舞いあがる。

「い、いいの？」

「いいのっていうか、あたしがお願いしてるんです。お蒲団のほうがよく眠れるでしょうから、きっとご迷惑だと思いますけど」

「ううん、そんなことない。実はおれも、テントに泊まりたくなってたんだ」

前のめり気味に告げると、二十四歳の娘が恥じらいの笑みをこぼす。

「じゃあ、いっしょに行きましょう」

「うん」

ふたりは家を出て、庭のテントに向かった。

先に美咲が入り、ランタンを灯して「どうぞ」と招いてくれる。隆夫は「お邪魔します」とあとに続いた。

床にはマットが敷いてあり、脇に厚手の毛布が畳んである。寝袋を使うのかと思っていたら、そうではないようだ。

しかし、そのほうがいい。寝袋だと、からだがすっぽりと覆われるから、手も足も出せないのだ。

などと、期待が高まっていたものだから、どうしてもいやらしい方向に考えてしまう。反省が少しも活かせていない。

中の広さは、ふたりが並んで眠れるぐらいある。だが、美咲が毛布を広げると、それはシングルサイズより少し大きい程度だった。

つまり、くっつかないと眠れないわけである。

(これじゃあ、ギョウジャニンニクは食べられないか)

たとえキスをしなくても、距離が近いからニオイで迷惑をかけるだろう。そう思って彼女は食べなかったのだ。

もっとも、美咲の息なら、仮にニンニクの匂いがしても平気だ。むしろ嗅いでみたいと変態的な願望を抱いたとき、彼女がマットの上で服を脱ぎだした。

（え？）

隆夫は思わず目を見開いた。

年上の男にまじまじと見つめられ、美咲が頰を赤く染める。恥じらいながらもカーキ色の上下を脱げば、運動選手が好むような、水色のスポーティなインナーを着けていた。動きやすさと、汗を吸ってくれることで選んだのではないか。

「牧瀬さんも――」

短く告げ、彼女が素早く毛布の中にもぐり込む。隆夫はようやく我に返ったものの、何を求められたのか、すぐにはわからなかった。

（……え、おれも？）

毛布の中に入ればいいのかと思ったところで、あの夜のことが蘇る。蒲団に入るとき、ズボンを脱ぐように言われたのだ。

つまり、美咲はまた同じことをするつもりなのだ。

ようやく察して、Tシャツとブリーフのみの格好になる。毛布の中に入れば、なめらかな肌がまといついてきた。

「あったかい……」

甘えた声でしがみつかれ、若いボディを抱きとめる。

（ああ、美咲ちゃんの匂いだ）

シャワーのあとの清潔なかぐわしさを吸い込みながら、オモラシ後の下着に染み込んだ、生々しいフレーバーも思い出す。海綿体が条件反射みたいに充血し、ブリーフの前を盛りあげた。

けれど、このあいだのように、美咲はすぐに触れてこなかった。

腕枕をしてあげると、彼女が胸に額をすりつける。情愛がこみ上げ、キスしたくなった。

だが、愛《いと》しさゆえに、おいそれと手が出せない。髪や頬を撫でてあげるのが精一杯だった。

（いっしょに寝たからって、またセックスするつもりとは限らないんだぞ）

先走る期待を戒める。最初のときは、いきなりの訪問で迷惑をかけたお詫びにと、からだを与えたのかもしれない。

今日の美咲は何でもきちんとこなし、丸っきり別人だ。そのせいで距離ができた気がして、隆夫は手を出しづらかった。自身の不甲斐なさを思い知ったためもあったろう。

「牧瀬さん」

掠《かす》れ声で呼びかけられ、胸が高鳴る。

「なに?」

「あたし、今日はちゃんとできてましたか?」

「うん。見違えるようだったよ。ちゃんとリベンジできたじゃないか」

「でも、カレールーを忘れちゃったし」

「それはご愛嬌《あいきょう》だよ。ミスしてもちゃんと取り戻せたし、肉じゃがも美味しかったよ」

「それ、牧瀬さんのおかげです」

失敗を話題にしても、沈んだ様子はない。自分でもけっこうできたという自負があるのだろう。

「あたし、前回のあとで、けっこう落ち込んだんです。どうして何もできないんだろうって。ずっと親とかに頼りっぱなしだったのがいけなかったんだなって、反省もしました」

「そっか」

「だから、自分で何でもできるようになろうって、頑張ったんです。キャンプもそうですけど、家のことや自分のこともちゃんとしようって。まだできないことも多いんですけど」

「うん……」

「あたし、実家を出て、独り立ちしたいんです」

唐突な宣言に、隆夫は戸惑った。

だが、彼女は二十四歳で、立派な大人なのだ。そんなふうに考えるのは、むしろ遅いぐらいかもしれない。

「実は、ずっと前から考えていて、このあいだソロキャンプに挑戦したのも、自分で何でもやりたいって気持ちがあったからなんです」

火を熾すなど、サバイバルっぽいことに挑戦したのも、何でもやってやろうという思いからだったのか。残念ながら、実力が伴っていなかったわけだが。

「でも、結局何もできなくて……」

「それは仕方ないさ、初めてだったんだから」

慰めの言葉にも、美咲は悔しげに下唇を嚙んだ。

「あの日、牧瀬さんに山菜をご馳走になったじゃないですか。家を買って、お料理もして、何でもひとりでやっているのを目にしたら、ますます自分が情けなくなったんです」

「いや、おれは大したことはやってないよ。そもそも、美咲ちゃんより十五も年上なんだし、あのぐらいできなかったら、逆に恥ずかしいよ」

「だけど、あたしは牧瀬さんに追いつきたいと思ったんです。それで、いっぱい頑張りました」

美咲が顔をあげ、潤んだ目で見つめてくる。距離が近く、真摯《しんし》な面差しに息苦しさを覚えた。

「……え、追いつくって？」

「同じラインに立たないと、いっしょにいられないじゃないですか」

クスンと鼻を鳴らし、彼女がまた胸に甘える。一途《いちず》な思いが伝わってきて、隆夫は若いからだを抱きしめた。

（美咲ちゃん、そこまでおれのことを――）

慕ってくれる若い娘に、瞼の裏が熱くなる。

「おれはもうずっと、美咲ちゃんといっしょにいたいって思ってたよ」

「牧瀬さん……」

もう迷いはない。愛しさのままに、隆夫は唇を奪った。

「んふ」

彼女は抗うことなく受け入れ、清涼な吐息を与えてくれた。

小鼻をふくらませ、身をくねらせるのが愛らしい。舌を入れると、小さなものを懸命に絡み返してくれた。

くちづけだけで、全身が熱くなる。脚も絡めれば、太腿のなめらかさにもうっとりとなった。

「ふは――」

唇をはずすと、美咲が大きく息をつく。目が泣いたあとみたいに濡れていた。

「美咲ちゃん、すごく可愛い」

「やん」

「おれ、美咲ちゃんが大好きなんだ」

ここまでストレートな言葉を告げたのは、生まれて初めてかもしれない。最初に付き合った年上の女性にも、ちゃんと言ってなかった気がする。そういうのは照れくさくて、口に出せなかったのだ。

もしかしたらそのせいで、彼女は離れていったのかもしれない。

「あたしも……大好き」

感激をあらわにした美咲をもう一度抱きしめ、隆夫は思いを込めてからだをまさぐった。インナーの中に手を入れて、ナマのおしりを揉み撫でる。

「あん、エッチ」

可愛い声でなじりながらも、彼女も手を牡の股間にのばす。しなやかな指が高まりを捉え、ゾクッとする愉悦をもたらした。

「もう……牧瀬さん、元気すぎ」

雄々しく脈打つそこをブリーフごと握り、ゆるゆるとしごく。

「美咲ちゃん、直に握って」

お願いすると、美咲はおしりを揉まれながらも、苦労してブリーフを引き下ろした。足も使って完全に脱がし、あらわになった筒肉に指を巻きつける。

「すごく硬い」

ため息交じりにつぶやき、握り手に強弱をつけた。

（ああ、この感じ……）

久しぶりの、いたいけな手指。大袈裟《おおげさ》でなくペニスが溶けるようだ。

「美咲ちゃんの手、すごく気持ちいい」

息をはずませながら快さを伝えると、「やだ」と恥じらう。それでも手を動かして、さらなる悦びを与えてくれるのがいじらしい。

隆夫も彼女のパンティをヒップから剝いた。スベスベで柔らかな丸みを、お餅のようにこねる。

「美咲ちゃん、おしりも可愛い」

「うう」

「ずっとさわっていたいな」

「……おしりだけを？」

どこか不満げな問いかけは、他もさわってほしいという気持ちの表れだったに違いない。

「ううん。どこもかしこも」

答えて、手を移動させる。前に回して秘部に触れると思わせて、乳房を包む下着を素早くずり上げた。

「キャッ」

美咲が小さな悲鳴をこぼす。いきなりで驚いただけで、嫌だったわけではないのだ。

その証拠に、頂上の突起を摘まんで転がすと、切なげに喘ぎだした。

「あ、あ、そこぉ」

鼻にかかった声で甘えるのも愛おしい。

両方の乳首を充分に硬くしてから、手を再び下半身へ。三角地帯の麓は、早くも温かく潤っていた。

「感じやすいんだね」

「やん、ダメぇ」

「ほら、こんなに濡れちゃってるよ」

指を動かし、わざと粘っこい音を立てると、彼女は恥ずかしがった。

「イヤイヤ、バカぁ」

それでいて、もっとしてとねだるみたいに、腰をくねらせるのだ。

「ねえ、今日はここにキスさせて」

前回は許されなかったクンニリングスを求める。少し間を置いてから、彼女は無言で小さくうなずいた。

隆夫は毛布の中で、からだの位置を下げた。途中、あらわになった乳房の、可憐な突起を吸う。

「あ、あふ、ふぅうう」

美咲は喘ぎ、半裸のボディを波打たせた。早くも汗ばんだか、双房の谷間から甘酸っぱい香りが漂う。

左右とも満遍なく吸いねぶってから、またからだを下げる。鳩尾《みぞおち》と、ヘソにもキスをして、いよいよ女体の中心に至った。

毛布をかぶっているから、肝腎なところはほとんど見えない。テント内を照らすランタンはＬＥＤでわりあいに明るくても、そこまで光は届かなかった。

そうとわかっていたから、美咲は許可したのかもしれない。

隆夫のほうは、フルチンの下半身がすでに毛布の外に出ている。寒さは感じないし、いっそ毛布を引っぺがそうかとも考えたが、美咲が恥ずかしがって舐められるのを拒む恐れがあった。

（今はこれで我慢しておこう）

いずれは、すべてを見せてくれる日が来るだろう。それまで待てばいい。ふたりの時間は、まだ始まったばかりなのだ。

まずはヴィーナスの丘にキスをする。唇に触れた感じからして、秘毛は淡いようだ。

さらに下ると、ぬるいかぐわしさが鼻腔《びこう》に忍んでくる。

パンティは、太腿の付け根で止まっていた。それを引き下ろして爪先から抜き取り、隆夫は素早く薄布の匂いを嗅いだ。

シャワーを浴びても、下着を取り替えていないのはわかっていた。クロッチに染み込んだ秘臭は、オシッコで濡れていた前回よりも、ヨーグルトっぽい成分が際立っていた。

（美咲ちゃんの匂いだ）

玲子や由佳里のもの以上に好ましく感じるのは、きっと愛情の差なのだ。

とは言え、ナマの女芯を目前にして、下着の残り香にうつつを抜かしている場合ではない。それは脇に置いて、若い下肢を大きく割り開いた。

「やあん」

美咲が嘆く。暗くて見えないとわかっても恥ずかしいのだ。

暴かれた秘苑がたち昇らせるのは、パンティに染み込んでいたものより淡い媚香だ。物足りなさは否めないが、これも彼女の匂いであることに変わりはない。

（やっぱり見えないか）

いくら目を凝らし、闇に慣らしても、人間の能力には限界がある。諦めるしかなかった。

それに、早く言ったとおりにしないと、美咲に怪しまれる。

もうひとつの唇に、隆夫はそっとくちづけた。途端に、若腰がビクンとわななく。

「あふっ」

切なげな喘ぎも耳に届いた。

(感じたのかな?)

いや、軽く触れただけなのだ。快感を得るには至っていまい。敏感なところだから、反射的に声が出ただけなのだろう。

ただ、最初から舐め回すのはなんとなくためらわれて、舌ではなく唇を優しく這わせた。

シャワーのあとでも、蒸れたかぐわしさが感じられる。抱き合ったことでからだが火照り、汗ばんだようだ。それは秘割れにキスをするあいだにも、徐々に強まった。

(けっこう汗っかきなのかも)

だから下着も、汗を吸うものを選んだのではないか。

触れた感じだと、花弁のはみ出しはほとんどなさそうだ。脳裏に浮かぶ佇まいは、少女のようにあどけない割れ目である。

（うう、可愛い）

見えていないのに、想像だけで胸を締めつけられる。

「ああん」

美咲が声を洩らし、秘部をキュッとすぼませる。どことなく焦れている様子だ。

（早く舐めてほしいのかな？）

ならばと、差し出した舌でクレバスをなぞる。

「くううう」

色めいた呻きがこぼれ、ヒップが浮きあがった。

若い娘の素直な反応が、四十路前の男を昂らせる。隆夫も我慢できなくなり、合わせ目に舌を差し入れて、大胆にねぶった。

「あ、あ、ああっ」

美咲の声が大きくなる。恥芯が舌を捕まえようとするみたいに、キュッキュッとせわしなく閉じた。

舌に粘っこい蜜汁が絡みつく。控え目な甘みも好ましい。もっと味わいたくなった。

（よし、感じてるぞ）

隆夫は愛液をすすり、舌をピチャピチャと律動させた。

「あああ、そ、それぇ」

甘えた声音がテント内を桃色に染める。防音装置などなくても、ここは山の上だ。他人の目や耳を気にする必要はない。

隆夫は敏感な肉芽を舌で探り、集中して攻めた。

「くうううう、そ、そこ……感じすぎるぅ」

いよいよ高まってきたらしい美咲が、ハッハッと息づかいを荒くする。裸の下半身が休みなくくねくねして、快感の大きさを訴えた。

しかしながら、一方的に愛撫されるのは心苦しかったらしい。

「ま、牧瀬さん、あああっ、ちょ、ちょっと待って」

涙声の要請を無視したのは、もっと感じさせたかったからである。だが、彼女はやめてもらいたくて、そんなことを言ったわけではなかった。

「あうう、あ、あたしも……牧瀬さんのオチンチン、舐めたい」

口早に告げられて、全身がカッと熱くなる。淫らながらも一途なおねだりが、隆夫を感激させた。

（美咲ちゃんがそこまで言うなんて）

これも情愛ゆえなのだと、素直に信じられる。

「ね、お願い……早くちょうだい」

切なさをあらわにした声に胸打たれ、隆夫は秘苑に口をつけたまま、からだの向きを一八〇度変えた。

それによって毛布の下側が大きくめくれ、美咲の腰から下が明かりに照らされる。しかし、咎められることはなかった。もはや恥ずかしがる余裕をなくしていたようだ。

（これが美咲ちゃんの――）

脳裏に描いたとおりの、清らかな秘苑が目の前にあった。色素の沈着もほとんどないようで、濡れた裂け目だけがわずかに赤らんでいる。

秘密の神殿に見とれていると、下半身に甘美な衝撃がある。顔の近くになった肉根を、美咲が握ったのだ。

さらに、ふくらみきった亀頭に吸いつかれ、飴玉《あめだま》みたいに舐め回される。

「むふふぅ」

目のくらむ悦びに、隆夫は太い鼻息をこぼした。

勃起を引き寄せられ、隆夫は自然と彼女の頭を跨ぐかたちになった。シックスナインの経験はあっても、自分が上になるのは初めてだ。

（うう、こんなのって……）

この体勢だと、恥ずかしいところを余すことなく観察されてしまう。牡の急所はもちろん、アヌスだって。どちらも毛にまみれて、清潔感のかけらもないところなのだ。

居たたまれなくて、顔から火を噴きそうになる。下になって舐めていたときは、相手がどれだけ恥ずかしいのかなんて、少しも慮《おもんぱか》らなかった。その罰が当たったのか。

もっとも、初めての恋人にしろ玲子にしろ、そこまで羞恥の反応は示さなかったのであるが。

（玲子さんも、匂いを恥ずかしがっただけだったよな）

おしりの穴を舐められたら、瞬時に上から飛び退《の》いたけれど。それにしたって、由佳里の影響で嬉々《きき》として受け入れるようになったのだ。

そこまで思い出して、もしやと危ぶむ。

(美咲ちゃん、おれの肛門を舐めないよな?)

さすがにそこまではしまいと思っても、断言はできない。

実は、彼女の愛らしいツボミも目に入り、隆夫は舐めたくなっていたのである。それをしたら、同じことを逆襲される恐れがあった。

今はやめておいたほうが無難だろう。せっかく気持ちが通じ合ったのに、そんなヘンタイみたいなことするなんてと、嫌われる恐れもあった。

とりあえず、この辱めから逃れるには、美咲をイカせるしかない。隆夫は恥割れの上部、フード状の包皮がわずかにはみ出したところに口をつけ、ついばむように吸った。

「むふッ」

湿った鼻息が、陰嚢の縮れ毛をそよがせる。口いっぱいにペニスを頬張ったまま、彼女は苦しげに呻きつつも、健気に舌を躍らせた。

相互に快感を与え合い、ふたりで上昇する。だが、美咲はフェラチオに慣れていないようで、舌づかいは覚束《おぼつか》なかった。反り返って下腹にへばりつこうとする肉根を、懸命に下向きにさせていたためもあったろう。

その点では、最初の恋人を相手にクンニリングスを学んだ隆夫のほうが、断然有利だった。玲子との密事で、さらに上達したから尚さらに。

「む――むうう、ンふぅ」

美咲が苦しげに呻く。しゃぶる余裕もなくなったようで、ただ咥えたまま鼻息をこぼすだけになった。

(よし、今のうちに)

指で包皮を剝き、桃色の真珠を舌先でレロレロと転がす。

「ぷはっ」

彼女はとうとう漲り棒を吐き出した。

「あ、だ、ダメ」

声を震わせ、腰をガクッ、ガクンと上下させる。いよいよ頂上が近いようだ。

「ね、もうやめて……お、おかしくなっちゃう」

どうぞおかしくなってくれと、隆夫は舌の速度を上げた。

「あ、あ、あ、だ、らめなのぉ」

舌をもつれさせ、強ばりに両手でしがみつく。もう一度おしゃぶりで一矢報いようとしたらしいが、尖端《せんたん》にキスするのが精一杯だったようだ。

あとは両手両脚を床に投げ出し、裸身を波打たせる。

「あ、ホントにダメ、も、もう――」

柔肌がワナワナと震えたかと思うと、

「あふンッ！」

喘ぎの固まりを吐き出して、美咲は全身の緊張を解いた。

（え、イッたのか？）

さらに女芯を舐めようとすると、「ダメダメ」と涙声で訴える。

「くすぐったいの。しないでっ」

強い口調で拒まれ、隆夫は諦めた。射精後の亀頭と同じで、敏感になっているのだろう。

（やっぱりイッたんだな）

控え目なオルガスムスは、性感が発展途上だからなのか。

ハァハァと息をはずませる彼女に添い寝し、上半身を隠す毛布を剝ぐ、トップスもずり上がっているから、ほぼ全裸と言っていい姿だ。

それでも達した直後だからか、恥ずかしがることはなかった。

胸が上下して、おっぱいがゼリーみたいに揺れる。ツンと自己主張する乳頭を指でクリクリ転がしていると、間もなく美咲が瞼を開いた。

「あ――」

隆夫と目が合うなり、焦って顔を背ける。

「美咲ちゃん、イッたの?」

訊ねても答えず、横目で睨んできた。頬が真っ赤だから、恥ずかしくて何も言えないのだろう。

だが、否定するのなら、首を横に振ればいい。それをしないのは、つまりイエスということだ。

(なんて可愛いんだ)

隆夫は愛しさを隠さずにくちづけた。

「むふぅ」

小鼻をふくらませた美咲が、自ら舌を与えてくれる。まだ頬が赤いままだから、照れくさくてそうしたのかもしれない。

深いくちづけを交わし、甘い唾液をすすりながら、隆夫は秘め園に指を這わせた。

(ああ、こんなに)

ヌルヌルしたジュースが、一帯を濡らしている。クンニリングスでほとんど吸い取ったはずが、絶頂後に新たなものが湧き出したようだ。

美咲も牡の股間に手をのばし、漲りきったモノを握る。指の腹で切っ先をこすり、カウパー腺液を粘膜に塗り広げた。

（うう、気持ちいい）

敏感なところを攻められて、腰がビクッと震える。

唇が離れると、濡れた目が見つめてきた。昇りつめたあとなのに、面立ちがやけにあどけない。何も知らない処女のようだ。

「ね、これ、挿れて」

大胆なおねだりを口にされ、牡根が雄々しくしゃくり上げる。

「わかった」

隆夫は逸《はや》る気持ちを抑えつつTシャツを脱ぎ、素っ裸になってから彼女に身を重ねた。

肉槍の切っ先を、美咲が自身の園にこすりつける。愛液と先走り液で潤滑し、準備を整えた。

「来て」

筒肉から手をはずし、年上の男の首っ玉に縋りつく。

「うん。行くよ」

隆夫はゆっくりと、真っ直ぐに進んだ。

丸い頭部が濡れ穴を圧し広げる。徐々に広がるそこが限界を迎えたかと思うなり、ペニスをぬるんと迎え入れた。

「はあぁッ」

美咲が首を反らせて喘ぐ。あとはスムーズに入り込み、ふたりの下腹部がぴったりと重なった。

「ううう」

目のくらむ快美に、隆夫は呻いた。まといつく柔ヒダが極上の悦びをもたらし、動かずとも果ててしまいそうだ。

「あん、いっぱい」

つぶやいた美咲が、感激の面持ちで見つめてくる。

「牧瀬さんのオチンチンが、あたしの中でビクンビクンいってる」

淫らな言葉に、頭がクラクラするようだ。

「美咲ちゃんのオマンコが気持ちいいからだよ」

さらに卑猥な言い回しで応えると、彼女が「ば、バカ」と恥じらう。そのくせ、内部はキュウキュウと締めつけてくれるのだ。

「あのね……」

「ん？」

「あたし、まだエッチでイッたことがないの」

「うん」

「だから、牧瀬さん——隆夫さんに、あたしをオンナにしてほしい」

思いを込めたお願いに、胸が熱くなる。

「わかった。頑張るよ」

「ありがとう」

美咲が涙ぐむ。目尻からこぼれそうになった雫を、隆夫はキスで受け止めた。

それから、唇同士を重ねる。

涙の味がするしょっぱいくちづけが、唾液の甘さに取って代わる。舌を深く絡ませながら、隆夫は腰を振った。

「ん、ん、ん」

掲げた両脚を牡腰に絡みつけ、美咲がくぐもった声を洩らす。いよいよ息が続かなくなったか、くちづけをほどいて大きく息をついた。

「あん……気持ちいい」

歓喜に蕩けた表情が、あどけなくも色っぽい。

このあいだは、彼女は上昇する気配を見せなかった。しかし、今夜は違う。反応が明らかに異なっており、ひと突きごとにこぼれる喘ぎも、艶《つや》めきを帯びていた。

（これならイカせられるかも）

その前に自分が爆発したら、元も子もない。隆夫は忍耐を振り絞り、一定のリズムで抽送を続けた。

「あ、あ、あっ」

喘ぎ声のトーンが上がる。内部もいっそう熱くなった。

「よ、よくなりそう」

美咲が嗚咽交じりに告げる。

「うん。よくなって」

「ね、隆夫さんの……あたしの中にいっぱい出して」

嬉しい許可に、危うく果てそうになる。隆夫は歯を食い縛って堪えた。

「わかった。その前に、美咲ちゃんを気持ちよくしてあげるからね」

「うん……あ、ホントにあたし——」

若い肢体が切なげにくねる。いよいよ頂上が迫ってきたらしい。

「う、う、ヘンになる。あ……何か来る」

その言葉に続いて、裸身が大きく波打った。

「あ、あひっ、いいい、い、イクッ」

呻くように告げ、美咲が総身を強ばらせる。昇りつめたのだ。

「あああ、み、美咲ちゃん」

愛しいひとの膣奥に、隆夫は激情をしぶかせた。

4

チュンチュン、チュンチュン——。

うるさいほどの鳥の声で目が覚める。隆夫はのそのそと毛布から這い出した。

（もう朝か？）

テントの外が明るくなっている。隆夫は素っ裸のまま外に出た。

「おおお」

思わず声が出る。朝の空気が肌に冷たかったのだ。

だが、それが妙に気持ちよくて、晴れた空に向かってうんと伸びをした。空気が美味しい。実に爽やかだ。

こっちには何度も泊まっているのに、朝早くに外に出たことはなかった。どうしてもっと早くこれを味わわなかったのかと、損をした気分であった。

「おはよう」

背後から声がする。振り返ると美咲であった。彼女も全裸のはずだが、毛布を肩から掛け、からだをすっぽり隠していた。

「おはよう」

隆夫も挨拶を返し、彼女のほうを向く。

「ちょ、ちょっと、隆夫さん」

美咲が焦りを浮かべ、うろたえる。牡のシンボルが隆々と反り返っていたのだ。

「ああ、これ?」

隆夫のほうはいっこうに平気で、腰を突き出すように見せつける。

「しょうがないよ。男は朝、こうなっちゃうんだから」

美咲とて、朝勃ちのことは知っていたらしい。「だからって」と顔をしかめる。

「だったら、美咲ちゃんが小さくしてよ」

「え、あたしが？」

さすがにあきれたらしかったが、興味も惹かれたらしい。

「しょうがないなあ」

そばに来て横に並び、そそり立つペニスをしごいてくれた。

（ああ、なんて気持ちがいいんだ）

自然に囲まれた我が家の前で、分身をビクンビクンと脈打たせる。早くも溢れた先走りが滴り、愛撫してくれるしなやかな指も濡らした。

「これ、今までで一番硬いみたい」

美咲が悩ましげにつぶやく。毛布が地面に落ちて裸身を晒しても、もう隠そうとしなかった。

なぜなら、ここにはふたりだけなのだ。

「うう、いきそうだ」

迫りくる歓喜に腰がわななく。

「いいよ、イッて」

美咲の手が忙しく動き、オルガスムスを呼び込んだ。

「うおおっ！」

隆夫は雄叫《おたけ》びを上げ、射精した。白い粘液が宙に舞い、朝日を浴びてキラキラと輝く。

「あ、綺麗」

美咲が嬉しそうに白い歯をこぼした。

三交社文庫
SEJ-039

山の我が家は蜜まみれ

2021年2月15日　第一刷発行

著　　者　橘 真児
発 行 者　岩橋耕助
編　　集　株式会社メディアソフト
〒110-0016
東京都台東区台東4-27-5
TEL. 03-5688-3510（代表）　FAX. 03-5688-3512
http://www.media-soft.biz/
発　　行　株式会社三交社
〒110-0016
東京都台東区台東4-20-9　大仙柴田ビル２F
TEL. 03-5826-4424　FAX. 03-5826-4425
http://www.sanko-sha.com/
印　　刷　中央精版印刷株式会社
装丁・DTP　萩原七唱

ISBN978-4-8155-7539-7